L'inceste

Vu du ciel, *roman, L'Arpenteur-Gallimard, 1990*
Not to be, *roman, L'Arpenteur-Gallimard, 1991*
Interview, *roman, Fayard, 1995, et Pocket, 1997*
Les autres, *roman, Fayard, 1997*
Léonore, toujours, *roman, Fayard, 1997, nouvelle édition*
L'usage de la vie, *théâtre, Fayard, 1998*
Sujet Angot, *roman, Fayard, 1998, et Pocket, 1999*

Christine Angot

L'inceste

Stock

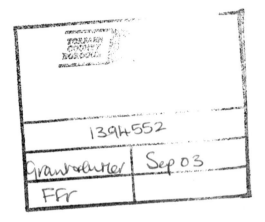
© Éditions Stock, 1999

*Je ne devrais pas te le dédier, celui-là, ma
belle Léonore, et gentille, comme tu m'as
demandé d'ajouter.*

C'est le retour de l'hiver
Tiens, le ciel s'est couvert
Et la neige qui recommence
Chante Noël dans mon cœur
Chante le Divin Enfant
Noël des jours meilleurs
Enfance, ma petite enfance

Charles Trenet
Le Retour des saisons

No man's land

J'ai été homosexuelle pendant trois mois. Plus exactement, trois mois, j'ai cru que j'y étais condamnée. J'étais réellement atteinte, je ne me faisais pas d'illusions. Le test s'avérait positif. J'étais devenue attachée. Pas les premières fois. À force de regards. J'amorçais un processus, de faillite. Dans lequel je ne me reconnaissais pas. Ce n'était plus mon histoire. Ce n'était pas moi. Dès que je la voyais, le test donnait pourtant pareil. J'ai été homosexuelle, dès que je la voyais. Les choses redevenaient moi-même après. Quand elle disparaissait. D'autres fois, même en sa présence je redevenais moi-même, ma fille me manquait tellement, au cours de voyages, d'absences un peu longues, trois-quatre jours. L'impression de trahir la seule que j'aime vraiment. À qui j'ai dédié tous mes livres. Impossible d'écrire. Quand on n'est pas soi-même. Ma sexualité s'en ressentait. Vers le début j'étais insatisfaite. Puis. Je ne l'étais plus. Je l'étais de moins en moins. Sauf une chose (j'en parlerai après), que je n'ai jamais faite avec plaisir. Concrète, qui implique tout le reste. Sauf une fois, je m'en souviens. Je ne le faisais pour ainsi dire jamais. J'étais devenue homosexuelle à cent pour cent à part ça. Apparemment. Dès que je la voyais. À ce détail près. Tout en restant au fond de moi-même hétéro profondément. (Mais, pas de théorie.) Un détail qui me garantissait. J'étais devenue à part entière homosexuelle sinon. Sur une période courte, tout de même, trois mois. Il n'y avait pas d'homme dans mes fantasmes, du tout, au contraire, des femmes rivales. J'étais à part, rivales entre elles. L'homosexualité me fascinait. On n'est pas fascinée par soi-même, je n'étais pas homosexuelle. Pourtant. Je finissais par avoir un désir énorme. Dès que je la voyais arriver, j'étais prise. Même encore, il faut. Même à l'instant. Que je me retienne de l'appeler. Lui téléphoner à son travail, c'est ma spécialité. Au début ça l'amusait. Tous les « petits coups de fil ». La secrétaire connaissait ma voix. Bien sûr. Très vite. Les secrétaires me reconnaissent. Elles savent très vite que c'est Christine. Je harcèle, je m'acharne. Je le montre, je n'ai pas honte.

12

L'arme se retourne contre moi tôt ou tard. Je l'emploie. Mon ancien éditeur disait « c'est une serial killer ». J'ai envie de l'appeler parfois lui aussi. Mon père a un Alzheimer c'est classique j'en appelle d'autres. Je téléphone. Elle, je ne peux pas compter le nombre de fois. Je rappelle. Je raccroche. Je rappelle pour dire « et puis surtout, ne me rappelle pas ». « Je ne veux plus t'entendre. » On ne me rappelle pas. Je rappelle. Je dis « tu aurais pu me rappeler. Tu ne m'aurais pas appelée, hein ! tu n'as pas ce courage ! D'aller pour une fois, contre ce que je t'avais demandé. Alors que tu sais très bien... que ce n'est pas ce que je voulais. Tu sais bien que ce n'est pas la réalité, ce que je dis. Ce que je veux. Mais le contraire. Au bout de trois mois, tu n'as pas encore compris ça. Tu le sais. Si tu ne le sais pas, alors là ». Le comportement d'un bébé. Je m'en rends bien compte. Avant non, c'était normal d'appeler la personne sur son lieu de travail, en une heure dix fois. Elle prétend qu'elle m'aime. Pour une ampoule pétée, une cartouche d'encre usée, un fax qui ne passe pas, pour lire ce que je viens d'écrire, par téléphone, pour une angoisse en train d'arriver. Etc. Le dîner, est-ce que je suis aimée, et j'ai oublié de te dire, je me suis dit « je l'appelle, sinon ce soir j'aurai encore oublié ». Au début ça passe bien, ça plaît, c'est

13

spontané, ça change. Tueur en série, ça fait partie de mon charme. Je lui dis qu'elle est lâche. Elle me répond que je suis folle. Le déséquilibre ne me fait pas peur, il y en a d'autres qui ne peuvent pas. Dont elle. Des gens comme elle. Qui ont des limites. Je n'en ai pas. Elle, elle en a. Moi je n'en ai pas. Elle ne supporte pas. Quand quelque chose devient à ce point... névrotique. Je me fais traiter de folle. Plusieurs fois. N'y vois pas d'accusation, tu as des excuses, c'est un constat. Certains ont des limites, toi tu n'en as pas. Pourtant je souffre. Elle ne peut plus. Elle a des limites. Qui pourrait ? Je raccroche. Je passe devant la glace. Malgré mon visage, rouge, de rage, je me trouve pas mal. Je me dis « je vaux mieux que ça », je ne la rappelle pas. Je me dis « je ne la rappelle pas ». Je me dis « comment elle ose... dix ans de plus que moi... pas si belle que ça ». Je m'allonge. Allez, on va passer à autre chose. Il y a autre chose dans la vie, que d'appeler Mademoiselle. Je décide de lire. J'aime lire. Ça ne m'intéresse pas. *Cœur furieux*, le mien l'est tellement plus. Je referme le livre, j'essaie de regarder *La Tentation du Christ*. Au bout de cinq minutes, je m'allonge sur le canapé et je pleure. Ce ne sont pas des petits pleurs. Ça devient vite insupportable. Je me demande qui rappeler. À qui en parler. Quel numéro compo-

ser pour sangloter juste après « allô » et ensuite
« qu'est-ce qui se passe ? » Sans le retour à la
raison combien de numéros ? Il y a toujours des
propositions. « Quand ça ne va pas, appelle-
moi. » Non, elle. Voir si elle m'aime, comme
elle le prétend, jusqu'à l'épuisement. Sinon,
vraiment ! « Je ferais n'importe quoi pour toi »,
mais pas recevoir deux cents coups de fil. Là
tout de suite. Chez elle, au travail, à l'hôpital,
avec un patient devant elle. Et puis. Je ne rappelle pas. Je suis soulagée, enfin je suis libérée.
Ouf, je le dis même. Je dis, ouf. Je prends le
téléphone dans mes mains, je le pose sur mon
ventre. Je me dis que ça ne prouve rien, je peux
très bien l'avoir là sur mon ventre, la télé-
commande est par terre, je ne regarde pas la télé
pour autant. Alors ! Donc. Ce n'est pas parce
que le téléphone est sur mon ventre que je vais
téléphoner. Quelle absurdité ! Ça me fait tellement de bien d'être débarrassée d'elle. Je ne vais
pas en plus retéléphoner, alors que justement je
commençais à me calmer. En plus, je n'ai rien à
dire. Absolument rien. Ouf. Ouf, vraiment. Je
ne voulais pas. Je n'ai jamais été homosexuelle.
Les seins, ça ne m'a jamais intéressée. Y compris
les miens. On s'était déshabillées finalement un
jour. Elle me dit « touche-moi ». « Jamais. »
Jamais je ne pourrais. Je lui avais dit, je me rap-

15

pelle très bien même si c'est loin, « je suis gênée par ta poitrine ». Elle m'avait dit « ah! là, tu as de la chance, ils sont tout petits ». Eh bien, justement! tant qu'à faire, j'aurais préféré qu'ils soient plus gros. Quand elle disait « touche-moi », elle ne parlait pas de ça. Quand on dit touche-moi... Bon, j'ai mis mon doigt. On n'a jamais l'occasion de toucher quelque chose de pareil. Léonore a un petit livre sur le toucher, qui s'appelle *Petites Bêtes à chatouiller*, dans la collection Un livre caresse. Il n'y a rien de pareil. Ni la petite bête en peluche, ou à plume, ni en dentelle, ni bien sûr en cuir, ni en lamé, ni la petite bête si douillette, la petite bête en moquette, ni la petite bête collante, ni rembourrée, ni velours, ni la petite bête qui plisse, ni à gratter, ni bonbons-papillons, avec des papiers dorés, dont elle fait collection. Quand j'ai senti comme c'était gluant! J'ai retiré ma main. C'est particulier. Trop particulier. À force de regards. Encore maintenant, il ne faut pas que je pense à ses yeux. Je reste fragile. Son regard est terrible. Pour moi. Avant, personne ne le lui avait dit. Paraît-il. Sous-au-cun-pré-tex-te. Je-ne-veux. Devant-toi-surex. Poser-mes-yeux. Elle le chante parfois. Le téléphone est dans l'autre pièce, je suis tranquille. Là tout de suite. C'est plus dangereux quand il est sur le ventre. Il n'y a qu'une main à tendre. Qu'est-ce que j'ai pu la déranger dans son travail, le nombre de fois que j'ai téléphoné. Jusqu'à cent dans une journée. Je ne peux pas compter. En sanglots, ou froide « tu es une nullité, ma pauvre, pauvre, mais ma pauvre, pauvre, on devrait te radier de l'ordre des médecins pour non-assistance à personne en danger. Quelle imposture, pas un gramme d'humanité. Pour une personne qui souffre »... « OK, tu veux qu'on devienne amies, je t'appelle comme amie, viens. » Elle ne venait pas. « De toute façon, on ne deviendra jamais amies, on ne se verra plus, c'est tellement évident, à part la sexualité, entre nous qu'est-ce qu'il y avait, qui marchait, à peu près, et encore ?... Protège-toi bien, ma pauvre petite chérie, veille bien sur tes petites économies, quand on ne peut pas, on ne peut pas, n'est-ce pas ? On ne peut pas. Veille, veille bien, repose-toi, oui, tu es fatiguée, mon amour, repose-toi, et veille bien sur ton petit capital, qu'il reste intact. Pour le legs à ta mort. Quand tu seras morte. Pour ta famille. » Allusion au testament qu'elle a rédigé quand elle avait huit ans. Pitou à marraine. Mes lapins à maman, à condition qu'on ne les tue pas. Mon bureau à papa. Mes livres à mes cousines. Mes jouets aux enfants pauvres. Mes habits à Françoise. Je veux me calmer. Enlever ce téléphone pourri de mon ventre. J'enlève la cassette de *La Tentation du Christ*, je mets Deleuze, au moins je ne perdrai pas mon temps. Déjà ça, mon temps. Lettre B, la boisson. Je ne téléphone pas. Immédiatement, Deleuze relève le niveau. Oh! oui, j'ai beaucoup bu. J'ai arrêté, la boisson, c'est une notion de quantité. On ne boit pas n'importe quoi, chacun a ses boissons favorites, la quantité en est fixée. On se moque beaucoup des alcooliques et des drogués. Parce que « oh! moi, j'arrête quand je veux ». C'est le dernier. Le dernier coup de fil, dernier, dernier. Avant d'en être complètement dégoûtée. D'appeler. Vu les réponses. Quand je veux j'arrête. Samedi prochain quand je rentre de Paris, cet après-midi, j'ai déjà arrêté, il y a longtemps dans ma tête. Avec elle. La seule femme que j'aime, c'est Léonore pas elle. Mais je ne peux pas te le dédier, celui-là, ma chérie. Ma chérie, comme je te disais. Même si j'ai arrêté. D'appeler. Je le savais que quand je voulais j'arrêtais. J'ai arrêté, il y a longtemps dans ma tête. Et vendredi, tant pis, j'irai à Nîmes seule. On devait y aller ensemble. J'irai en train, j'ai réservé un hôtel. J'ai arrêté. Aujourd'hui, dans une demi-heure, tout de suite, et même, c'est déjà fait, j'arrête d'appeler. Si c'est elle qui m'appelle, elle regretterait. Elle ne le fera pas, qu'elle ne s'en avise pas. Et si elle le fait elle regrettera. Je sais casser les gens. Je vais lui écrire, c'est plus sûr. Pour qu'elle ne m'appelle plus. Enfin. Ouf. Et d'ailleurs, je vais immédiatement lui porter la lettre. En personne et en mains propres. À moins que j'envoie un coursier. Pour lui montrer que ce n'est pas du tout pour la voir, que j'ai trouvé ce prétexte. Ce qui pourrait avoir l'air d'un prétexte, à ses yeux, si beaux. Je ne vais pas payer deux cents balles pour cette fille. Je vais la porter moi-même. Cette lettre. Rédigée à l'en-tête du Gramercy Park Hotel. Où on a été heureuses il y a à peine trois semaines. Heureuses, enfin, moi, pas toujours. Au bout du troisième jour, Léonore me manquait tellement, j'étais redevenue moi-même. Je pleurais en cachette, j'appelais Claude quand elle prenait sa douche pour avoir des nouvelles. J'avais cessé deux jours d'être homosexuelle, je l'avais virée de mon lit. Je n'en ai jamais parlé, sachant que c'était passager. Je prends donc le papier à en-tête, l'enveloppe et la lettre. Je raye l'en-tête. Et je signe ironiquement « ton petit ange ! » Mais mon agitation elle s'en fichait. Tout ce qu'elle voulait : que je me calme. J'ai porté la lettre à son cabinet. J'avais couru. J'avais laissé Léonore aux jeux, gardée par une mère de copine. Je

19

l'avais prise à l'école, j'étais nerveuse, j'étais partie. Je l'avais laissée à la mère de je ne sais plus laquelle de ses copines. Une de celles qui restent assises sur les bancs. Il faisait chaud, j'étais arrivée en sueur, je dégoulinais. Pendant quarante-huit heures, il n'y a qu'en courant que ça allait à peu près. Elle a ri et elle m'a dit « à samedi » pour me calmer. Je l'avais retrouvée dans la salle de radio, en train de développer des clichés. À son cabinet. Mais en mains propres. Dans la petite pièce noire. Oui, je sais, je suis en sueur. Et j'aimerais, si possible, si ce n'est pas trop te demander, je sais les patients attendent à côté, qu'elle la lise devant moi. Je ne veux pas la donner à la secrétaire. Je veux la voir elle. Je veux être sûre qu'elle l'aura, en mains propres tout de suite. Qu'elle se rende compte que cette fois c'est fini, j'arrête, fini. Je lui demande, du reste, de ne pas chercher, s'il te plaît, à me retéléphoner, inutile. Je ne le souhaite pas. J'y suis allée en courant, je suis arrivée en sueur, j'ai couru pendant deux jours. Les coups de fil étaient pressés, les lettres étaient urgentes. Pour arriver le plus vite possible à la dernière lettre, au dernier coup de fil. Et au dernier baiser, tu peux m'embrasser, quand même. Le plus vite possible. Le dernier nymphéa, le dernier regard. Je laisse le répondeur, je filtre, je ne réponds pas

20

si c'est elle, alors là ! On se moque beaucoup des alcooliques, parce qu'on ne comprend pas. On veut arriver au dernier verre, tout faire pour ça, un alcoolique ne cesse pas d'arrêter. D'en être au dernier. Un peu comme la formule de Péguy, qui est tellement belle, je cite ma source puisqu'il faut un seul auteur par phrase. Péguy, Guibert, et une femme. Même si j'en suis au dernier verre, bu depuis longtemps. Et que vendredi, je vais seule à Nîmes. J'ai réservé un hôtel, près des jardins de la Fontaine, je rentrerai le lendemain en train. Le petit écrivain raconte sa petite vie. Thibaudet. C'est vrai son regard est terrible. Un peu comme la formule de Péguy, qui est tellement belle. Ce n'est pas le dernier nymphéa qui répète le premier, c'est le premier qui répète tous les autres et le dernier. Le premier regard, le premier nymphéa, le premier coup de fil et le premier verre, c'est le dernier qui compte. L'alcoolique qui se lève est tendu vers le dernier verre. Les premiers yeux, les tout derniers. Le dernier : il évalue. Ce qu'il peut tenir sans s'écrouler jusqu'au dernier. Ma chérie, Quinze heures quinze Je suis allée promener Pitou mon cœur Je t'aime MCA. Je n'ai pas encore décidé si je l'appellerai X, anonyme, MCA ou son nom entier. Ma chérie, quinze heure quinze. Pas le dernier verre mais l'avant-dernier, pénultième avant de recommencer le lendemain « allez c'est le dernier », les compagnies d'alcooliques dans les cafés c'est joyeux. Le dernier nymphéa répète le premier, on ne s'en lasse pas. On arrête si c'est dangereux, si ça le devient. Mais, si ça n'empêche pas de travailler, si c'est un excitant, d'offrir son corps en sacrifice c'est normal. À quelque chose qui aide. À supporter autre chose. Qu'on ne pourrait pas supporter sans l'alcool. Toucher, s'enfoncer, faire tourner le doigt, ressortir, le mettre dans la bouche, faire aller le mouillé du vagin à l'anus, ce qu'on ne supporte pas ce n'est pas ça, mais ce qu'on a vu un dimanche, en plein jour, la lumière entrait par les baies vitrées grandes ouvertes, je regardais son sexe, la veille, j'avais lu des extraits de *Fleur du désert* d'une Africaine infibulée, on pourrait le couper, je me disais, au rasoir, aux ciseaux, le recoudre, couper les fils ensuite, etc. Pas au hasard. On enlèverait la petite chair glissante d'une pluie épaisse. Ce qu'on a vu de la vie au milieu de l'après-midi un dimanche ou dans le désert, lui enlever sa chair là où ça coule que MCA aime CA. J'ai décidé de ne plus y penser. De ne pas lui dire « tu sais à quoi je viens de penser ? » Mais de calmer la plaie, en la léchant doucement tant qu'il était encore temps. Le nymphéa ouvert se répète sur ma fille aussi, je ne peux pas calmer. Ne plus y penser. J'avais dit « c'est horrible d'aimer ». Elle m'avait dit « non, horrible, c'est quand quelqu'un vous est arraché ». Et j'avais répondu « justement ». On est bien arraché à soi-même. Je ne le faisais presque jamais. Barbouillée de cette pluie grasse, je me sentais trop bizarre. Je me disais « si on me voyait... » personne ne me voyait. Boire, pour maîtriser, j'avais besoin de téléphoner deux cents fois dans les jours d'angoisse. C'est normal. Et la nuit. On arrête, là. Ça s'est passé hier. J'ai tout arrêté. Je ne téléphone plus, je ne l'aime plus. Si encore ça m'avait aidée à travailler, même si physiquement j'avais dû le payer. Mais les dernières quarante-huit heures, je les ai passées à pleurer, à téléphoner, à courir, à porter des lettres, à courir prendre le taxi, le taxi n'allait pas assez vite. J'ai arrêté mais pas de moi-même : elle a dit stop. Elle ne pouvait plus non plus. Je l'ai suppliée pour avoir un dernier week-end. Pour faire la chose que je ne fais jamais, lécher je peux le dire, j'espérais en être dégoûtée à jamais. Elle n'a pas voulu du tout qu'on fasse l'amour. Elle est là, elle vient de se lever. On se verra en amies. Devenir amies. L'amour platonique. Au début c'est moi qui le voulais. On se laisse prendre à des choses contraires. À mon intérêt.

23

Je le prétendais. La première fois que je l'ai
vue je l'ai trouvée moche, une petite brune
maigre.   : Phrase que je me
suis censurée moi-même, qui lui aurait fait trop
de peine. Ces mains
avec des jointures un peu grosses sur les doigts
maigres. Des mains propres, de médecin, de
femme, propres, gracieuses, douces, qui peuvent
palper le ventre une demi-heure, j'étais bien. Au
début, novembre, je n'avais avoué à personne.
Sauf aux amis qui se comptent sur les doigts
d'une main, que j'étais condamnée. Je n'avouerai
à personne, sauf à ces quelques amis, que je vais
m'en tirer, que c'est fini. Pendant trois mois
pourtant, les tests s'avéraient positifs à cent pour
cent. Si je m'en tire, c'est d'une maladie inexo-
rable. J'aurais pu mourir avec elle. Je lui écrivais
de ces lettres. « M'aimes-tu ? M'aimes-tu en
entier ? » La réponse est non, je l'ai maintenant.
Pas en entier. Pas mes délires téléphoniques. « Je
suis sûre qu'on s'aime. Pourquoi on ne sait pas
être ensemble ? Calmement, heureusement. »
On essayait de se quitter depuis qu'on se
connaissait. Trois mois, cent cinquante fois.
Annie, au téléphone, banalise, « il n'y a pas de
différence, oui bon, d'accord, une différence de
morphologie ». J'ai donné la vie à ma fille,
j'aurais pu mourir avec elle, là il faut arrêter. Il y

a des arguments. La diversité vient du sexe, c'est la vie, me disait une amie généticienne. Mais je ne pouvais pas arrêter. Le test était positif. C'est la vie mais ça réagissait, quand elle me léchait. Positif. Je n'imaginais pas ma fille à ce moment-là. Après dans le câlin, souvent. Parfois on rêvait. L'appartement, le PACS, tout ce qui est à elle que ça me revienne. « J'aime te voir, j'aime te voir arriver. J'aime qui tu es. J'aime tes cheveux, tes yeux, tes lunettes, tes vêtements, ton nez, ta bouche, ta taille. Je rêve : Nous avons une maison. Nous la partageons. Nous l'aimons, toutes les deux. Nous choisissons des choses que nous aimons. Léonore est là. Personne ne peut rien trouver à redire. Tu aimes ce que j'écris. Tu l'aimes beaucoup. Tu montes avec moi à Paris. On s'aime. On se sent fortes ensemble. Et avec Léonore. Pitou mon cœur veille sur elle. » Pitou mon cœur c'était le surnom de sa chienne. Elle était très homosexuelle, elle avait tout, la chatte, la chienne. J'étais fascinée par l'homosexualité. Léonore a une copine, Clara, autoritaire, qui veut être la maman, toujours. Elle se dépêche, elle le dit vite. Léonore, ce qu'il lui reste, elle me raconte ça à moitié en pleurant, au mieux c'est d'être la deuxième maman. Et elle n'a pas le droit d'avoir d'enfant, un petit chat ou un petit chien, c'est tout. J'en suis malade. J'ai vraiment été pendant trois mois hors de moi. J'aimais ça je crois. Je voulais continuer. Encore un peu. Laissez-la-moi. Je me sentais de force à boire la lie. J'aurais pu la lécher encore. Je pouvais encore. À contrecœur qu'est-ce que ça me fait ? Tout le monde s'inquiétait, je suis sauvée, ils seront rassurés. Sauf mes ennemis quand je rasais les murs ils aimaient. J'ai vraiment du mal à croire maintenant que ça m'est arrivé. J'ai l'impression de parler de quelqu'un d'autre. Ce style de vie ne me convenait pas, le milieu, pas à moi. Il y en a à qui ça va. Chez moi c'est un signe viral. Je vire. Ce jour où j'entreprends ce livre, dans mon appartement à Montpellier où je vis seule avec ma fille, je laisse le répondeur, je filtre. (Je ne le fais jamais, mais j'en ai bien l'intention. Cette fois. Elle tombera sur le disque.) Ceux qui seront rassurés, ma santé, mon corps, mon équilibre, ou au contraire qui trouvaient ça « génial », je les fuis. Je ne sais plus avec qui parler et de quoi d'autre. Les gens pensaient « elle prépare le prochain livre, c'est dégueulasse ». Guibert qui s'est injecté le sang exprès. Moi-même à quatorze ans. Je voulais devenir écrivain, je voulais démarrer fort, j'ai pensé à l'inceste, j'ai séduit mon père. Pourtant c'était la Patagonie pour moi au début, lécher une femme. Se mettre à ras de terre, c'est étouffant. Les femmes hétéros n'y sont pas habituées. On étouffe dans cette forêt. Un homme en bonne santé possède entre 500 et 2 000 T4, j'étais essoufflée. Les rapprochements sont lourds, toujours. La dernière fois, pourtant, je l'aimais. Ce qui m'a permis de tenir disons trente secondes de plus. Que d'habitude où je craque au bout de trois coups de langue. Et encore j'ai pris ma respiration entre. La littérature a vocation universelle heureusement. Je vais me faire exciser, peut-être infibuler, des morceaux de ma chair, de mon sexe, sécheront au soleil pour le prochain livre. J'ai peut-être aussi un projet sur les mines d'or à cause de Léonore, or. À cause de l'or dans Léonore.

Le jour où les baies étaient ouvertes, je l'ai amenée à la jouissance, alors qu'avant je craquais au bout de trois coups de langue. J'ai senti mon sang tout à coup découvert, bien avant les analyses. C'est ça. Le sang tout à coup découvert, mis à nu, un vêtement ou un capuchon l'avait jusque-là protégé, sans que j'en aie conscience. Ça vous met le sang à nu en trois mois. On vous redéshabille et rhabille. Le sang n'a plus de veine. La sexualité type qui était la vôtre jusque-là, on se demande comment vous faites. Il m'a fallu vivre trois mois avec ce sang dénudé, exposé, dans la ville, en faisant le marché, je ne faisais plus de courses, comme « le corps dévêtu doit traverser le cauchemar », je me faisais livrer. Mon sang démasqué, partout et en tout lieu (Europe, États-Unis, au marché, à la mer, en ville, chez des amis), et à jamais, à moins d'un miracle sur d'improbables transfusions, une toquade de quinzaine, un dégoût miracle, un mec, je rêvais, mon sang à nu à toute heure, dans les transports publics, la façon dont je me fringuais pour lui plaire, dans la rue quand je marche, toujours guettée par une flèche, qui me vise à chaque instant. Mes chaussures, que je choisissais plus grosses, et mon blouson, que je mettais tous les jours. Est-ce que ça se voit dans les yeux ? Qu'on ne peut pas se pénétrer. On trouve un expédient. Il y a toujours des solutions. Vivre d'expédients. On a recours à des expédients. Oui. Vouloir. Pour moi c'étaient des expédients. C'est beau aussi. Plutôt que la richesse, toujours. Trouver autre chose. Je l'ai voulu. Il y a beaucoup de torsions dans l'homosexualité des femmes. Ma chance, elle était médecin, elle me prescrivait des massages, rééducation respiratoire et vertébrale. Mes vertèbres en ont pris un coup. Au cours des quarante-huit heures d'angoisses (courses, coups de fil, lettres, taxi) j'ai frôlé la crise d'asthme. Vivre d'expédients c'est beau aussi, chercher sa respiration ailleurs, c'est fini, je pouvais encore, c'est pour ça que je suis triste. « Il faut être deux », elle non. Elle ne supporte pas quelque chose en moi, elle dit « je veux vivre », elle me trouve pénible. Les gens veulent supporter. Être satisfait. Un matin, elle me raconte un rêve, on avait tiré dans l'oreille d'un petit daim. Je lui disais : je voudrais faire un livre avec toi sur toutes les façons de mourir. Ils sont médecins de père en fils dans sa famille. J'ai besoin de faire un livre avec toi, je t'en prie. « Une rupture d'anévrisme, c'est une espèce de poche, anormale bien sûr, sur la paroi d'une artère, cérébrale, qui est un point de fragilité, ça fait comme une espèce de petit sac, plus fragile que la paroi de l'artère elle-même, qui peut se fissurer ou se rompre. Des gens sont porteurs de cette anomalie, relativement fréquente. Il peut y avoir rupture de cet anévrisme. Quand cette espèce de petit sac se fend ou explose. Il y a une hémorragie, c'est-à-dire que le cerveau est inondé par le sang parce que c'est une artère, la pression est forte, à chaque battement de cœur, le sang inonde. Tout le cerveau est détruit par ce sang. Quand la rupture est totale, la mort est extrêmement brutale. Les gens tombent, comme ça, devant toi, boum, ils sont morts. C'est parfois précédé de violents maux de tête, ça arrive. D'autres fois il n'y a même pas de signe précurseur, c'est d'emblée. – Et l'eczéma, qu'est-ce que c'est l'eczéma ? – L'eczéma est une maladie de peau, d'origine allergique, souvent des lésions bulleuses. Des petites lésions bulleuses, qui s'étendent sur différentes parties du corps, qui forment des plaques, qui peuvent devenir suintantes, qui ont un caractère prurigineux. – Très quoi ? Qui démangent. » Mais on n'a jamais commencé, on n'a jamais pu rien faire ensemble, on n'a jamais eu le temps. On n'a jamais commencé sérieusement. Un jour de rupture je lui disais « je n'ai pas su profiter de toi » en pleurant. Alors qu'elle s'était offerte. Elle m'avait donné le journal intime de son père. Je lui ai rendu ce week-end. Médecins de père en fils. Toutes les façons de mourir. Je prends du Praxinor. Ma tension est tellement faible, en montant mon vélo hier, Léonore m'a dit « maman, est-ce que tu vas mourir ? » J'aurais pu lui dédier ce livre, mais j'ai eu peur. Elle s'en servait comme d'une queue de sa langue. Quand elle embrassait, j'ouvrais. Je la voulais. Vivre d'expédients, c'était excitant. On perd la moitié du monde, et il y a beaucoup de torsions. Mais je la voulais quand même. On ne peut pas tout avoir. Elle m'a dit une fois : t'es un vrai petit macho. J'avais eu du mal à réprimer mon sourire, de satisfaction. Comme on voit parfois les acteurs qui se trouvent tellement bons. Avec moi qu'est-ce qui te manque? Mais la moitié du monde, ma chérie, tout simplement. Avec toi il me manque la moitié du monde, rien que ça. Ça ne me fait pas bander ceux qui n'ont rien. Ceux qui n'ont pas de queue, moi, eh bien je trouve que ça manque. Ce n'était pas grave. Et pas vrai. Il ne faut pas se laisser accabler. Par tous les obstacles qu'on rencontre. Plaquée sur le pubis, ça marche aussi. Sans compter la satisfaction de s'être débrouillée toute seule avec les moyens du bord. Quand on pense à toutes les façons de mourir, on ne meurt pas, c'est formidable. La moitié du monde, c'était mon grand argument, me manquait. Un être c'est un monde, c'était le sien. À lui tout seul, déjà... énorme. Le locked-in syndrome, qu'est-ce que c'est? Littéralement « enfermé à l'intérieur ». Une forme rare d'accident cérébral. Un défaut brutal d'irrigation d'une partie du cerveau parce qu'une artère se bouche et entraîne la mort des cellules nerveuses. Une ou deux fois, elle m'avait appelée « petite pute ». L'homosexualité c'est quand on ne peut pas faire autrement, c'est facile, m'avait dit Claude. Non, les torsions, la fatigue, la

31

déception. Le sang à découvert. Mais la liberté de ne plus chercher, je le reconnais. Ça, oui. « Je m'en fiche, je suis bien débarrassée » comme on disait enfant. Good, good, good vibrations. Claude a rêvé cette nuit good bye, good vibrations, et il pleurait. Au revoir bonnes vibrations, ça déclenchait des sanglots. Toutes les choses enfuies, good bye. Tant mieux. Je l'ai rencontrée le 9 septembre. J'ai tout de suite aimé sa bouche, ses yeux et sa façon de marcher. Son odeur, son sexe, sa façon de bouger, sa voix. Surtout son regard. Sa façon de marcher. Sa façon de courir après son chien, Baya. Sa façon de lui jeter un caillou dans la mer quand on se promène. Son cou et sa nuque. Son collier en or, qu'elle n'enlève jamais. Ses omoplates un peu saillantes. Sa poitrine un peu creuse. Pendant trois mois je ne l'ai pas avoué. De tout l'hiver, je n'ai vu personne. Claude nous avait vues par la fenêtre, en arrosant les bonsaïs des voisins d'en face, partis en week-end, des amis à lui. Valérie a fait sa crise de jalousie. Ma mère m'a dit « il y a différentes formes d'amour ». Léonore est allée le raconter à l'école « X et maman sont homosexuelles ». Tout le monde comprenait. Ça se voyait. Je rasais les murs avec mon blouson et mes grosses chaussures. Raser les murs, les barrières, au sens couper, rasoir, coupure de la veine et de la chance. Rasoir dans les murs de pierre prénom de mon père, sur cette pierre je bâtirai mon église, c'est la littérature, je l'entaille, un mur de livres, un mur de lamentations, inceste, folie, homosexualité, holocauste, démarrer fort, mon blouson, mes grosses chaussures, et mon rasoir.

Ce n'était pas une maladie, je simplifie. Un état de faiblesse et d'abandon, qui ouvrait ma cage, du moins les premiers temps. Le locked-in syndrome au contraire, enfermé à l'intérieur. La personne ne peut ni bouger, ni manger, ni parler, seulement cligner des paupières, effectuer des mouvements verticaux des globes oculaires. Elle ne ressent plus la douleur physique. Ma cage thoracique, c'était autre chose. Torsions, pressions fatigantes. J'avais mal au dos. Elle me donnait des comprimés orange, de forme ovale, Nalgésic. Je n'en ai presque plus, un seul, je peux lui téléphoner, tout de suite, si j'ai mal, on va rester amies, elle m'en donnera encore. Et des ordonnances, rééducation, avec massages, de la région lombo-sacrée, et de la jambe gauche suite à lombo-sciatique, acte urgent. Pour sortir du rang des meurtriers, écrire et soigner, j'essayais de trouver. Un état de faiblesse et d'abandon qui ouvrait ma cage, c'est fini. Mon sang se remet. Je n'ai pas mal. À propos Claude, merci pour les fleurs. J'ai reçu vos fleurs. Joyeux anniversaire, Christine, mon amour à vie, Claude, Léonore et trois petits cœurs. Il m'avait téléphoné, avait ajouté « quoi que tu fasses, bonne journée ». J'étais encore avec elle. On s'était disputées toute la semaine mais le week-end on avait dîné ensemble à L'Escale.

« J'avais envie de t'écrire, de t'envoyer un petit mot pour te dire que je pensais à toi – et t'aimais. J'ai lu *Calamity Jane*, dans l'avion, c'était bien beau, et poignant. "Oh, comme je voudrais avoir à revivre ma vie." J'espère que tu vas bien, que tu écris bien. À bientôt. Claude. » Mon téléphone a été occupé hier toute la soirée, elle pleurait. Je l'écoutais. La communication ne passe plus que par la voix, elle refuse de me voir. Elle pleurait, j'avais préparé des phrases à lui lire : Tout dans ce monde est souffrance, il n'y a que l'amour qui soit une raison de vivre, Racine nous raconte qu'il est interdit. Et pour expliquer mon comportement récent, Dario Fo : L'amour du paradoxe, c'est bien connu, mène souvent à l'incohérence. J'en suis personnellement victime, un jour oui, et l'autre... oui également. Je suis restée avec mes livres ouverts sur mes genoux. Le matin, elle était chez elle, tranquillement en train de travailler. Baya arrive avec Yassou, la petite chatte, qui avait un air bizarre. Elle semblait montrer quelque chose à X. Elle ne veut pas que je l'appelle X. Ni son vrai nom, ni ses initiales. Les pattes de la petite chatte flageolaient. Son ventre, à l'endroit mou, avait été mordu par un chien sans doute, du quartier. Yassou ne se méfie pas des chiens, elle est habituée à Baya et à Djinn, qui sont « sympas avec elle ». C'est la première fois qu'il lui arrive quelque chose, elle n'a jamais rien eu cette chatte. X en a marre des histoires d'animaux. Crevée, il a fallu qu'elle emmène la chatte chez le vétérinaire, on lui voyait les viscères. Il lui a fait une anesthésie, pour la recoudre. Elle est allée travailler, que des gens qui souffrent toute la journée. Ni X, ni MCA, ni Marie-Christine Adrey, ni Aime CA. Mon amour ? Ma chérie ? Ma petite, petite, petite, chérie, petite, petite, ma petite, chérie, mon petit amour, adoré. Adoré, adoré. (Dans *Savannah Bay* quand elle lui met les colliers.) Ces malades pourraient vivre des années dans cet état. Ils meurent des complications. Surinfections pulmonaires, septicémie, escarres... Eczéma, anévrisme, n'importe quoi j'aurais voulu faire. On n'a pas eu le temps. D'ouvrir ensemble, ne serait-ce qu'un album de photos. Elle en a marre de ces histoires d'animaux, Baya qui a failli se faire écraser. Puis qu'il a fallu stériliser. Et maintenant Yassou, attaquée par un chien. Elle avait laissé le répondeur, elle ne répondait pas, elle refaisait le pansement. Yassou est dans un état... Je n'en ai pas parlé à Léonore, j'ai peur de la traumatiser avec des animaux qui souffrent. Les chiens du quartier qui mordent... Elle était en train de préparer un cours sur l'allergie aux hyménoptères, ça traîne. Puis la conversation a dégénéré. Elle ne veut plus faire l'amour du tout. Elle ne veut plus aimer. Ça ne sert à rien. Rien, rien, rien, comme je le dis toujours si bien. Ce n'est pas un rejet de moi en particulier. Toutes les femmes, aucune femme, plus aucune femme. J'ai posé une question que je pensais innocente. Un homme ? Elle m'a insultée et s'est mise à pleurer. « Je m'en fous des mecs. » Je l'ai laissée parler. Je sentais que ça n'allait pas, du tout, du tout. « Toi, tu as la vie devant toi, tu es hétéro, tu t'en fous, toi. Mais moi. Moi j'ai compris maintenant. Baiser avec une femme, tu as raison, c'est de l'inceste. » Donc, j'avais réussi, je l'avais convaincue, j'avais raison, j'étais seule. En trois mois. Elle s'est mise à pleurer, rien ne pouvait l'arrêter, j'avais beau lui dire que je l'aimais. J'étais partagée entre la satisfaction qu'elle ait enfin compris, mais la tristesse de voir que c'est fini, c'est sûr. Alors que j'étais sur le point, consciente du côté mortifère, tant pis ce n'est pas grave, d'accepter. Une fois qu'on a compris. Allez. On rêve. Je rêve. Nous avons une maison. Nous la partageons. Nous l'aimons, toutes les deux. Nous choisissons des choses que nous aimons. Nous nous aimons. Léonore est là. Dans notre amour. (Léonore dans notre amour!!!...) Je délire. Je rêve. Personne ne peut rien trouver à redire (!). Tu commandes chez Domus à Nîmes un canapé, elle savait que j'aime lire allongée. Tu m'as dit au téléphone « tu es la première et la seule ». Tu aimes ce que j'écris. Tu l'aimes beaucoup. Tu montes avec moi souvent à Paris. Tu as pris dans une ceinture sur ton ventre les diamants de ta mère pour les vendre, pour acheter une grande maison ensemble. On s'aime. On se sent fortes ensemble. Et avec Léonore. Pitou mon cœur veille sur elle. Mais elle, c'est fini. Un jour, je me rappelle, on était chez moi. Je me revois lui expliquer la hiérarchie. Un homme c'est mieux qu'une femme. (Comme amant.) Un médecin c'est mieux qu'un ouvrier, un Blanc c'est mieux qu'un Noir. Elle était scandalisée. J'avais beau préciser « aux yeux de la société ». Beaucoup de choses, petit à petit, et autre erreur de ma part : je n'aurais pas dû lui faire lire mes brouillons. Je parlais de sa chatte, de ses cheveux qui deviendraient poivre et sel, du début où je l'avais trouvée moche. Mon dégoût, et elle n'a vu que ça. Pas le positif. Je lui disais « je suis hétérosexuelle », elle me disait « je ne vais pas me faire faire une greffe ». Je pars à Paris dans vingt minutes. Claude et Léonore m'accompagnent à l'aéroport. J'ai appelé à l'hôpital, je voudrais qu'elle me rappelle avant mon départ. Ce matin, l'angoisse revenait. Je m'en fiche, moi. Veaux, vaches, cochons, hommes, femmes. « On s'aime. Je suis sûre qu'on s'aime. Pourquoi ne sait-on pas être ensemble ? Toutes les deux. Calmement, heureusement. Ce qui est sûr : je t'aime. J'aime te voir. J'aime te voir arriver. J'aime tes cheveux, tes yeux, tes vêtements, ton nez, ta bouche, ta taille. » Le processus de détérioration se poursuivait dans mon sang, m'assimilant à celles qui vivent en ghettos. On ne veut plus de moi de toute façon maintenant c'est trop tard. Elles se défendent. Elle ne voulait plus me parler au téléphone hier soir. « Je n'ai pas le temps, je n'ai pas le temps de te téléphoner, c'est moi qui ai vu tous les patients, je ne peux pas sortir, je t'embrasse. » C'est fini. Les choses impossibles me fascinaient. « Tu me manques. » Dans *La Maman et la Putain*, elle lui dit : Tu n'es même pas capable d'assumer l'ivresse des gens que tu

38

aimes. Mon pauvre, pauvre, pauvre Alexandre merdique. Je lui ai dit.

J'étais chez elle hier. Le matin. Pendant que j'étais à Paris, elle s'est sentie libre, de faire ses trucs habituels. Une patiente a dit à sa secrétaire « comme elle a des beaux yeux, ce médecin », devant elle. Dans l'avenue Saint-Lazare la semaine dernière, Sylvie a été attirée par une fille androgyne, c'était moi elle s'en est aperçue de profil. À l'hôtel, j'avais besoin d'un taxi, on m'a dit « vous êtes prêt ?... Euh pardon, prête ? » J'ai un visage et une allure ambigus, j'ai toujours eu. La marque s'est creusée vu le résultat du test. Même si c'est fini. J'appelle deux cents fois mais après deux jours de vide, je n'appelle pas le troisième, et je n'appelle plus. Je n'appelle plus jamais. Et je m'en fiche. Je ne l'aurais pas rappelée, moi. Elle m'a rappelée, et m'a dit « il aurait fallu m'enfermer pour que je ne vienne pas te chercher ». Puisque tu es à l'aéroport... Pourtant, j'avais sorti la monnaie pour mon taxi. Et pendant la nuit, mentalement j'avais filmé le week-end. Je rentrais. Il n'y avait personne à l'aéroport, je l'espérais. Ouf. J'étais tranquille. Il allait me falloir quelque temps, un peu de calme, et ensuite... je rencontre un mec. À moins que j'arrête tout. On verrait. Pour l'instant, je prends un taxi, je rentre chez moi. Je n'aime pas prendre le taxi, je m'ennuie. Elle m'avait appelée à Paris, j'étais chez Frédéric, je lui avais dit « dis-lui que je suis partie ». Il me l'a passée quand même. « Je viens te chercher comme convenu ? – Non, pas forcément. » J'avais filmé mon arrivée. Ça allait. Je prenais le taxi. Je regardais si elle était là, elle n'était pas là. Ça ne me contrariait pas, au contraire, ouf. Enfin. Trois mois. Ouf. La semaine prochaine, je téléphonerai à Mathilde, elle rentre jeudi, et on ira en boîte. Je prends le taxi. Il m'arrête. Je monte. J'ai peut-être un peu de courrier. Je regarde. Je range mes affaires. Tranquille. Ça fait du bien de rentrer chez soi. Après quatre jours. Je rêve. Je range mes affaires, je trie les affaires sales. C'était mon film, ce n'est pas ce qui s'est passé. Dans le film je portais mon pantalon au pressing. Je faisais un petit peu de lessive à la main. Mes pulls sentaient la sueur. Tu n'es même pas capable d'assumer l'ivresse des gens que tu aimes, j'y repensais. Tes petits calculs. Tes petites économies. Ton legs. Ta famille. Ta cousine. NC, Nadine Casta, haine c'est, ce cinéma, ce théâtre, ce fric-là. Comme on était séparées, elle a fait toutes ses petites prévisions, tous ses petits week-ends du mois de mai en fonction. Et moi, naïvement, puisqu'elle était venue me chercher : Pour l'Ascension, j'aimerais aller à

Paris avec toi, on pourrait habiter chez Frédéric, il sera en Italie. On irait au théâtre, et surtout, on irait voir *La Maman et la Putain* ensemble. Et tous les autres films d'Eustache. Elle a prévu ses week-ends en rapport avec ses légataires universels, on est séparées. Pour l'Ascension, l'île de Ré avec NC.

(Je n'ai pas le droit de mettre les vrais noms, l'avocate me l'a interdit, ni les vraies initiales. « Ce manuscrit présente de manière récurrente, un problème lié à la divulgation de la vie privée des proches de l'auteur, notamment celle de sa fille Léonore, mineure, de son ex-conjoint, Claude, de son père [qui a entretenu avec elle – voir les longues descriptions en fin d'ouvrage – des rapports incestueux]. D'autres personnes voient également l'intimité de leur vie privée étalée au grand jour, avec force détails, notamment Marie-Christine Adrey, l'amante de l'auteur et "personnage" principal de l'ouvrage, la comédienne Nadine Casta, etc. Au-delà du problème général, qui atteint l'ensemble du manuscrit, il faut relever les passages suivants qui révèlent un propos particulièrement imprudent. *Elle ne veut pas que je l'appelle X. Ni son vrai nom, ni ses initiales. (...) Ni X, ni MCA, ni Marie-Christine Adrey, ni Aime CA.* Atteinte à la vie privée d'autant plus

41

intolérable que le refus de Marie-Christine Adrey d'être reconnue est souligné par l'auteur elle-même et que la révélation de son identité permet de la relier à l'ensemble de l'ouvrage. *Ta cousine. NC, Nadine Casta, haine c'est, ce cinéma, ce théâtre, ce fric-là. (...) Pour l'Ascension, l'île de Ré avec NC.* Atteinte à la vie privée teintée, au surplus, de dénigrement. Puis page 23, *Eustache, tu m'excuseras, c'est mieux que Nadine Casta*, dénigrement qui, s'il ne paraît pas fautif en soi, le devient par la multiplication, au cours de l'ouvrage, de remarques du même type qui révèlent une animosité profonde, page 30, *la cousine Nadine, NC, haine c'est...*, injure, page 61, dénigrement, page 61, atteinte à la vie privée, page 67, atteinte à la vie privée et dénigrement, page 74, atteinte à la vie privée et dénigrement, page 84, atteinte à la vie privée et dénigrement, page 87, nouveau dénigrement, page 106, atteinte à la vie privée et dénigrement, page 110, atteinte à la vie privée, page 111, diffamation en ce qu'il est porté une atteinte manifeste à la réputation du docteur Jean-Claude Brot, pages 119 à 123, grave atteinte portée à la vie privée du père de l'auteur qui narre très précisément les relations incestueuses qu'ils ont entretenues. En conclusion : ces passages sont relevés à titre indicatif, mais tout le manuscrit pose un problème global d'atteinte à la vie privée des personnes qui y sont mentionnées, décrites, etc., qu'elles soient identifiées, comme cela est souvent le cas, ou identifiables. Les risques de procès sont d'autant plus évidents que les attaques sont mordantes et sans concession et constituent autant d'atteintes graves à l'intimité de la vie privée des personnes privées. Les dommages et intérêts, en cas d'action en justice, seraient d'autant plus importants qu'aucune précaution n'est prise. L'absence de mesure dans le propos, de pondération, constituant même un élément déterminant de l'ouvrage dans la mesure où elle permet au lecteur d'approcher – tant que faire se peut – la folie passionnelle de l'auteur. » Donc voilà.)

X a eu des moments magiques. Par téléphone, des paroles que j'aurais voulu transcrire. Je t'aime. On est bien quand on est ensemble. On est bien quand on... et ça part, Nîmes, Domus, un canapé, on se promène, je te téléphone... elle déroulait notre vie quotidienne. Elle aurait continué mais vampiriser, bouffer, absorber, prendre tout, empêcher de vivre, empêcher de respirer, j'en ai marre qu'on me reproche toujours la même chose, alors que c'est le contraire. J'ai pris rendez-vous chez un pédo-psy. Elle a besoin d'être aidée Léonore aussi. Le locked-in syndrome, les façons de mourir. J'appuyais sur sa nuque, légèrement, pour qu'elle continue, suivant le même rythme. Bill me parla de la maladie. L'équilibre va revenir. Non, tout allait bien. Je rêvais, je réfléchissais. La moitié de ma vie, l'homme, la deuxième, la femme. PS à Claude : J'ai trente-neuf ans samedi, c'est sans doute pourquoi cette semaine est si difficile. Toi, tu as dû te faire tout un scénario de ma journée d'anniversaire, moi je ne sais pas ce que je vais faire. Je t'embrasse. « Enfermé à l'intérieur » est une forme d'accident rare. Le test s'avérait positif. Toujours. « Est-ce que tu veux te détendre chez toi ? Tu veux que je te dépose, regarder tranquille ton courrier ? » Oui. Elle me dépose, un petit baiser, je sors. Bon, ça va. Tout va se passer comme je l'avais filmé. Pour mon arrivée à Montpellier. Tout mon départ et mon arrivée jusque-là. Ça va. Elle est venue me chercher, mais, à part le trajet, dans sa voiture, la Saab, rien n'est changé. De ce que j'avais imaginé dans la nuit avant de partir, chez Frédéric, à Paris. Le courrier, le téléphone, le linge sale, le pressing, les programmes de ciné, un peu de lecture, du repos, et demain écrire. Ouf. Trois mois. Je n'en pouvais plus. Je ne pouvais plus travailler. Là, ça devenait dangereux. J'ouvre le portail. Elle part. J'entends le moteur de la Saab. La Saab, l'île de Ré, NC, sont censés faire partie du charme. Hier, je disais à X, Eustache, tu m'excuseras, c'est mieux que Nadine Casta. Elle, que c'était différent, je répondais « oui, comme l'homosexualité, toujours le même argument ». Et elle, tu dis vraiment n'importe quoi. Mais j'insistais : Modiano c'est mieux que Rouaud, Eustache que Nadine Casta, l'hétérosexualité que l'homosexualité, les médecins que les ouvriers. Elle se sert de sa langue comme d'une queue. Le test s'avérait positif, j'aimais sa langue. Comme jamais aucune autre. Mon père en parlait vingt-cinq. Le médecin et l'écrivain sortent du rang des meurtriers, déjà ça qu'on avait en commun. Léonore, elle va bien ? Docteur Dhersigny pour elle jeudi 14. Elle allait bien à ton retour samedi ? Je vais aller faire prendre ma tension cet après-midi. Si un événement dramatique entrait en jeu, tout serait plus supportable. Dans Beethoven, les concertos où l'orchestre quitte son rôle d'accompagnateur, et entre en conflit avec le soliste. Avec X, le changement de pays, transgresser, transcrire, transvaser, hélas ça ne va pas durer. J'ai dormi chez elle après l'aéroport. J'ai pleuré. J'étais tellement émue. Veaux, vaches, cochons, avant de m'endormir, je l'ai appelée « ma petite fille ». Je ne savais plus ce que je disais, je m'endormais, j'avais joui. Sinon, dommage, j'avais ouvert le portail. Mon sac à la main, j'étais à la moitié de l'étage. J'ai lâché mon sac. Redescendu quatre à quatre. J'ai ouvert, la rue, la voiture était bloquée dans la rue, elle n'avait pas encore filé. Je suis arrivée. Devant elle. Je lui ai dit « tu vas te garer ». Et elle « viens, approche-toi ». Je me suis laissé embrasser en pleine rue, je m'en fous maintenant. Veaux, vaches. Eczéma, mains tavelées, veaux, vaches. Ses cheveux noirs et ses yeux comme le dernier nymphéa. Les animaux génétiquement identiques sont rares. Chez la vache, quelques dizaines, qui servent à la recherche fondamentale. Why MCA ? Léonore m'a dit « tu es folle des bébés », on en voyait à la télé, et puis « tu es une vache folle ». Je n'arrivais pas à travailler avant d'arrêter. J'ai un peu repris dimanche, dimanche soir ouf de nouveau c'est fini. Pénultième. Nymphéa. Avant de recommencer le lendemain et de finir. J'ai arrêté, enfin. J'avançais des idées, des scénarii, les faxais à Jean-Marc, ils se cassaient tous la gueule. Je voulais m'inspirer de Tahar Ben Jelloun, le racisme expliqué à sa fille, faire l'homosexualité. Veaux, vaches, cochons. Qu'est-ce que tu en penses ? Ma petite chérie de cinq ans et demi. Tu es mon amour. Je sais que tu le sais,

46

que tu es mon amour. Mon grand amour. Le plus grand amour de ma vie. Tu le sais. Tu sais que X a dormi à la maison. Tu me l'as demandé hier soir, tu m'as dit « où elle dort ? » Elle a dormi à la maison. Il est dix heures moins le quart, elle dort encore. Elle est fatiguée. Je viens de faire l'amour avec elle, voilà, voilà ce que je voudrais t'expliquer. Mon amour. Tu sais ma chérie ? Quand elle remonte vers mon visage, le nom qui me vient sur les lèvres, c'est le tien ma belle. Lé-o-nore. Tu sais ce qu'elle m'a dit ce matin quand je l'ai réveillée vers six heures ? Je l'ai réveillée parce que je notais des idées. Sur le petit carnet, tu sais, sur la cheminée. J'ai allumé, je ne pouvais pas voir ce que j'étais en train de marquer. Elle m'a dit : « Tu es un petit démon avec un visage d'ange, et je t'aime. » Un petit démon parce que je l'avais réveillée. Un visage d'ange parce qu'elle trouve que j'ai un visage d'ange. Et je t'aime, parce qu'elle est amoureuse de moi. Ça te fait rigoler ça, hein ? Une fille qui est amoureuse d'une autre fille. Ben oui, c'est comme ça. Elle est homosexuelle. Frédéric aussi, tu vois. Il est amoureux d'un garçon en ce moment. Ils s'écrivent et ne se voient jamais. Frédéric est malheureux d'être comme ça. Il y en a qui sont heureux, et d'autres malheureux. Je connais un écrivain, malheureux, qui mas-

turbe les chiens. Tu ne sais pas ce que ça veut
dire, je m'en doute. Je suis hétérosexuelle. Ma
chérie. Bien sûr. Hétéro. Comment j'aurais eu
sinon une si jolie petite fille? Jamais, tu
m'entends bien, jamais, je n'avais eu de désir
pour une femme. Le sexe de l'homme pénètre
de façon radicale. J'aime bien ce qui est radical.
Il y a d'autres pénétrations possibles, les fron-
tières, les voyages. Passer la frontière, va chercher ton globe, je vais t'expliquer. L'idée n'a pas
marché, j'ai continué, j'aurais pu arrêter. Il y a
eu une chanteuse interviewée, juste après les
bébés. « Qu'est-ce que ça t'a fait quand t'as
appris que ton père était homosexuel? – Rien,
enfin si, rire. » Léonore a dit « elle a tort de rire,
ça veut dire qu'il n'est plus amoureux de sa
maman ».

Je lui parlais de ses yeux. Sa réponse était
« j'ai des yeux qui captent et toi qui percent ».
Ma cousine Marie-Hélène aurait voulu avoir
des yeux rouges. Les lapins génétiquement sem-
blables sont un bon modèle pour comprendre...
Je m'engouffrais. Dans des trucs... Je faxais à
Jean-Marc, une fois, plus de cent pages. Je sui-
vais des pistes à n'en plus finir. C'était mauvais,
je pleurais. Je m'écroulais, j'attendais. Ça devenait dangereux, je n'arrivais plus à travailler. Le
dernier nymphéa moisissait. J'ai recommencé.

J'ai mal au cœur, comme dans les virages en voiture, et j'ai des vertiges. Devant un miroir imaginaire face public Bulle Ogier passe des colliers autour du cou de Madeleine Renaud, elles partent dans une mélopée, la fille, la mère, l'une, l'autre, ma petite chérie, petite, petite, amour, ma petite chérie, mon amour, etc. Marguerite Duras aborde l'homosexualité et l'inceste toujours sous l'angle du passé et de la mort, toujours de biais, on ne comprend pas. Je lui ai dit « tu vas te garer ». J'ai rangé mes affaires, ç'a été vite fait. J'ai entendu sonner. J'avais eu le temps de lire mon courrier. Elle est montée. Marie-Hélène voulait des yeux rouges. Elle les a eus. On lui rétorquait « comme les lapins ? » C'était sa couleur préférée. La diversité, les yeux rouges, c'est la vie, on les a eus plus d'une fois Claude et moi. J'ai aidé Marie à maintenir Yassou pour la piqûre hier. La petite bête a les poils rasés. Les crocs du chien encore plantés, la marque. La petite bête a eu peur. Elle a eu le ventre complètement déchiqueté, les viscères à l'air. C'était un chien noir, je l'ai vu. Qui a fait ça. Pour la première nuit depuis un an, le départ de Claude, hier, la nuit d'hier, Léonore dormait dans sa chambre, moi dans la mienne, vous savez ce que j'ai fait ? Pour la première

49

fois ? Depuis un an ? Que je vis seule chez moi ?
J'ai laissé les volets ouverts. Je n'ai pas eu peur.
On se disputait avec Marie, j'avais bousculé
sa chienne, exprès, elle l'avait serrée contre elle.
J'ai hurlé « non, non, non, non, pas ça ». Je
n'aime pas ce chien, les bijoux Cartier sont tous
numérotés, la trois anneaux qu'elle m'a offerte a
666 gravé, le chiffre de la bête. Avec Léonore
elle a très peu de relations directes, on se rejette
mutuellement à travers Léonore et Baya, nées le
même jour, le 9 juillet, pas de la même année.
J'étais déjà contaminée enceinte de Léonore, le
laps d'incubation est de plusieurs années. Je
n'aurais pas eu un tel bonheur en accouchant
d'une fille, c'est évident, j'incubais. J'avais déjà
des grappes d'homosexuelles autour de moi. J'ai
pleuré dans ses bras samedi. Et dimanche, le
scénario que j'avais filmé la veille, la nuit chez
Frédéric, je l'ai réalisé enfin. Avec un jour de
retard. Le dimanche soir, le sac, mais bleu, et je
monte, et cette fois, je ne m'arrête pas au milieu
de l'escalier, je monte, puis je vais chercher
Léonore, chez Claude. Je pense à Yassou, le
ventre percé de crocs. « D'une certaine manière
ça m'arrange » elle prétendait, « j'ai toujours
peur que les autres n'aiment pas mon odeur »
quand je n'aimais pas la lécher. Pulsion a donné
répulsion. Répulsion veut dire aussi dégoût.

Dégoût veut dire ghetto. Ghetto, prison. Ce groupe de femmes homosexuelles, ce « milieu », dont Claude pense qu'il ne me convient pas avec raison. À quoi servent les clones animaux ? Effectivement. Enfin. Ouf. Tout est fini heureusement. Je suis rentrée avec mon sac bleu hier. J'ai rêvé d'un parfum Hogana, qui me faisait penser dogana, douane. Elle m'aime en pantalon. À la rigueur en robe, en jupe non. Mayen l'année dernière au contraire. En pantalon, en pull, en T-shirt, sans soutien-gorge. M'aimait. Je suis redevenue sobre, féminine, moi-même. J'ai rendez-vous jeudi 14 avec une pédo-psy pour ma fille. Le sida n'est pas vraiment une maladie, c'est un état de faiblesse et d'abandon, ma chérie, qui ouvre la cage de la bête qu'on avait en soi. Je lui donne les pleins pouvoirs pour qu'elle me dévore, je lui laisse faire sur ma vie ce qu'elle aurait fait après sur mon corps. Claude : Tu as quand même accepté qu'elle t'offre une bague. Et cette bague est quand même une alliance. Alors je sais, toi, les symboles... Une bague, qui plus est une alliance. Je suis désolé, les trois anneaux Cartier c'est une alliance. J'ai hésité. Je ne savais pas si je devais accepter. (Je n'ai pas hésité, ce n'est pas vrai, j'étais contente.) La prochaine bague que je voulais t'offrir. On en avait parlé encore cet été. J'avais mis l'argent de

51

côté. C'est inouï comme on peut être dans la vie de quelqu'un et tout ça s'évanouit. Dimanche soir c'était fini. Léonore dormait. Mais j'ai quand même appelé, personne, laissé un message, pas du tout angoissé. C'est Christine. Elle m'a rappelée. Elle a pleuré. Quand elle voit le lit... J'étais calme, je l'ai calmée. « Yassou va mieux. » Dans son ghetto homosexuel, les conversations animales. Baya, Yassou, Minou, Djinn, Misty, Victoire, Muzil. Hier soir le téléphone s'est mal passé, pour un petit détail qui a fait tout basculer. Le premier rendez-vous à L'Esplanade, c'était non, homosexualité, hétérosexualité, il y a deux camps. Ce terme de camps n'est pas approprié, gants. Retourner comme un gant, c'est poisseux, il faut des gants. Et tu vois je viens de faire l'amour avec elle, ma chérie. Je devenais folle, tu sais. Tout l'automne. Octobre, novembre, décembre, janvier. Je voulais le cacher. Je ne supportais pas que dans notre quartier on puisse m'imaginer avec une femme. Que ma petite fille soit la fille d'une femme qui se fait lécher par une autre femme, lesbienne. Ton papa, je l'appelais mon amour et minou. Yassou va mieux. Le PACS a déclenché un débat sur les abus possibles. Comment fait-on les enfants ? Le monsieur met son sexe dans le sexe de la dame. Léonore chante avec

Clara « faire ding-ding avec son amoureux, c'est dégueu, c'est dégueu, lasse », elle rit, recommence. L'idée de moi et Marie ne l'effleurait pas. Ses seins, ses yeux de femme, maquillés, et qui mouillait. Sur ma cuisse, qui mouillait sur ma cuisse, comment ça aurait pu l'effleurer, ma chérie ? Elle a laissé traîner une lettre d'Annie, qui voyage en Afrique, « j'en ai rien à foutre des girafes, leurs grands yeux, quand il y a des enfants à côté qui meurent de faim ». C'était la Patagonie pour moi, je rentre dans mon pays d'origine. Elle ne va pas se faire faire une greffe, on ne va pas s'acheter un godemiché. J'ai parlé à Léonore de l'holocauste, les Juifs, les homosexuels, les communistes. Le Dr Mazollier a dit à Léonore « elle aime les mots ta maman ». Le Dr Galy m'a dit « un peu tôt ». Le Dr Zériahen m'a dit « nul n'est juge ». Le Dr Dhersigny m'a traitée d'irresponsable. Dans l'enfance Marie connaissait des sortes de vertiges, sans rien faire de physique. Dans sa tête, une espèce de bruit, elle décollait, complètement. Claude : Tu seras la seule, toujours, puisque la première, puisque la dernière, que j'aurais aimée, avec qui j'aurais voulu faire l'amour, avoir un enfant, partir en vacances, aller au restaurant, découvrir le monde, voir les gens vivre, avec qui je me serais battu, contre elle et contre moi, pour exister, seul et à deux. Tu étais mon futur. Tu seras mon passé. Mon unique passé. Alors le reste, à quoi bon. Dans quatre jours tu auras trente-neuf ans. Je t'ai rencontrée, tu avais seize ans à peine. Je te souhaite d'être heureuse. Claude. Merci pour les fleurs. Yassou va mieux. Baya est passée sous une voiture, elle a été soignée par le vétérinaire. Misty, Victoire, Muzil. Elle fait un métier, médecin, où il ne faut pas faire trop de bêtises. Moi bien sûr, je peux me permettre, d'être tout le temps à vif, de n'écouter que moi-même c'est mon fonds de commerce.

Je l'appelle Marie, elle s'appelle Marie-Christine. Hier, mon psychanalyste : Qui vous a donné votre prénom ? Dans Christine allusion au Christ. Je lui parlais de ma mission salvatrice, sauver les autres, crever leurs bouées habituelles, qu'ils se sauvent avec moi ou par eux-mêmes. Qui vous a donné votre prénom, « mon Dieu ! » j'ai fait. Je venais de comprendre. Votre père ou votre mère ? Mon Dieu. Ma mère voulait m'appeler Marie-Christine. Mon père a dit : pas de Marie. Je me suis mariée mais séparée ensuite. Un mari, veaux, vaches, cochons, ou une Marie. Pas de mari, pas de père, pas d'homme, pas de bouée, toutes ces casseroles, la cousine Nadine, NC, haine c'est, la copine, qui lui sont accrochées. Je suis allée la voir hier et je l'appelais « mon trésor ». Quand elle était petite, c'est dans sa chambre qu'était le coffre-fort. Les diamants de sa mère, l'argent liquide. Dans une petite ceinture sur le ventre pour acheter un appartement. Un diamantaire à Paris, prendre rendez-vous, estimer les diams. Une grande maison pour nous deux grâce à eux. « Tu devrais les vendre », lui disait NC. Sa cousine avait fait la connaissance d'un diamantaire. Elle m'avait rendu les carnets de son père. J'aurais dû moi aussi m'appeler Marie-Christine, dans une de ces familles, qui jetait l'argent par les fenêtres, que la bonne ramassait au pied des vignes. Le fruit du travail. Des tableaux aux murs. Léonore, mon amour, mon or. Je suis aujourd'hui dans ma chambre, assis à la table verte, table de jeu, sur laquelle j'écris. Par la fenêtre j'aperçois le jardin, les lauriers, les palmiers, le magnolia. Au fond du jardin, mon père regarde la route de Clermont, qui borde mon jardin. Mon trésor, mon amour, mon or. Léonore. Ma Léonore, mon trésor. Mon trésor, mon or. Pas de Marie, pas de mariage, pas d'or. Le coffre-fort était dans sa chambre. Les médecins étaient payés en liquide à l'époque. Son père donnait l'argent à sa mère, qui le déposait avec les bijoux et les valeurs dans le coffre tous les soirs. Cette maison m'écrase, elle a été construite par mon grand-père, médecin à Canet, lui-même fils de médecin, ce dernier fils de médecin, ainsi de suite durant des générations. Des livres et des cours de médecine s'entassent, remontant à des siècles. J'ai eu une grosse colère à Miaurey (Niger). Nous étions partis voir le dernier troupeau de girafes. Des enfants ont accouru de partout. Dès le premier jour à L'Esplanade, je le lui avais dit, c'était la Patagonie. Ne sachant qu'un mot et le répétant sans cesse « cadeau », avec leur maigreur et leur gros ventre. Elle va peut-être m'offrir un vélo pour que j'aie plus d'indépendance. Elle est née à Oran, les fellaghas, les bombes, un Arabe tué devant sa porte, et la maison de la plage, des heures avec sa mère, à marcher sur la plage tous les jours au moins deux heures. Il nous faudrait une grande maison, très grande, au moins deux cent cinquante mètres carrés. Pour abriter ma langue en train de lécher, j'aime le goût du sang, je fais un onguent en même temps. Tout se retourne toujours comme des gants. Pourquoi la langue du diable est-elle représentée par une flamme qui se sépare comme deux doigts de métaux en fusion qui se détachent ? Je me tiens à la rampe pour monter chez l'avocat (j'ai huit, neuf, de tension, maximum), pour qu'il fasse bien la séparation des corps entre Claude et moi. L'or se sépare. J'ai mal au cœur. J'ai des vertiges. Un troupeau d'humains regardant des girafes. D'un seul coup je me suis demandé ce que je foutais là. Elle m'a donné tout ça, cette lettre d'Afrique, les carnets de son père, pour débloquer, parce que je n'arrivais pas à travailler. Je les lui avais rendus, c'est fini, je devenais folle : l'écart entre dehors et ma chambre. J'aurais pu pourtant boire la lie. Même si, quand on n'a pas été formée, c'est difficile de s'exciter sur quelque chose de mouillé. Comme un gant, c'est vrai, tout peut toujours se retourner. C'est vrai. C'est bien. C'est plus approprié que camps, le terme de gants. Je vois la couture. Je le retourne. J'enlève la queue, je vois l'emplacement, j'entre. Mes doigts deviennent euxmêmes une queue. Queue, la coda, le bout, la race du chien qu'on détermine à ça. Il n'y a pas de race, que l'odeur. Les muqueuses, la caresse ce n'est pas moi qui la fais, c'est le liquide qui se déplace sous mes doigts. Misty, Muzil. Voilà, tristesse, mais aussi, rires. Finalement, j'en ai rien à foutre des girafes, de leurs grands yeux. On se trouve dans la position du spectateur indésirable, rejeté, superflu, Bénédicte m'écrit, on se sent de trop, on ne participe pas, on est là comme malgré soi et malgré vous, je vous en ai

57

voulu, à cause de ce malaise que j'éprouvais. Vous érigez un mur, une paroi de verre transparente mais infranchissable, tout en vous exposant. Vous montrez brutalement, vous n'invitez pas à voir, vous n'esquissez aucun geste d'accueil. Le cercle de la solitude se referme. On est pétrifié, on ne peut pas davantage fuir qu'entrer en contact. À force de vous lire, j'avais mal au ventre, dans les membres, partout et je me disais « est-ce vraiment ça vivre ? Tant de noirceur, pas d'issue, et si peu de lumière ? Il me semble que vous oubliez un peu la lumière ». Et mon trésor, mon amour, mon or ?

Comme disait Claude avec mépris « je suppose que ses ami(e)s... ». Une pauvre femme, qui n'a pas de queue. Mais qui avait pleuré toute la nuit, ce jour-là de novembre. En me disant « ça n'existe pas l'amour ». Je lui répondais « mais si ». Elle me disait « oui, peut-être pour les autres ça existe, c'est possible, mais pas pour moi. J'ai voulu y croire. Je l'ai cru avec toi. Je me suis trompée. Ça rate encore. Ça existe pour les autres, pas pour moi. Toi, tu l'as connu, peut-être, avec Claude ». Retour, j'y suis allée. Quand je suis en Italie, la France me manque. Quand je suis en France c'est l'Italie qui me manque. C'est beau le visage d'une femme qu'on est en train de faire partir. Sa bouche toute petite, ses yeux qui ne lâchent pas les vôtres, ses bras qui s'écartent. J'aurais pu ne jamais connaître ça. Si j'étais restée accrochée à mon dégoût des autres femmes. Il y avait un couple d'hommes en janvier à la terrasse du café. C'était un des jours rares, où Marie et moi on était bien. Elle venait de me dire « je le connais, avenue Saint-Lazare je le vois, il a l'air triste ». J'avais répondu « ben oui il est homosexuel », mais pour rire, bien sûr ! Elle n'aimait pas. Ç'a été ensuite mes délires téléphoniques. Qu'elle n'aimait pas. Claude est arrivé avec Léonore et une fille de vingt ans, qui avait l'air d'être sa maîtresse, dans le même café. La brune de la rue Saint-Guilhem, elle l'avait aperçue un jour et m'avait dit « elle ne t'arrive pas à la cheville ». Une nuit, j'avais fait un rêve. Il y avait un disque de Mireille Darc, elle reprenait *À Paris* de Francis Lemarque avec sa voix insupportable. Marie n'y faisait pas attention. Alors que cette chanson, cette chanson... Je m'étais réveillée, elle m'avait dit « ma chérie ». J'avais noté ce rêve sur le petit carnet, près de la cheminée. « Tu as bien dormi, mon amour ? » Oui, mon amour. « Il est quelle heure ? » Sept heures et demie. « Tu aimes te réveiller avec moi ? » Oui, mon amour. « Je vais t'acheter un casque de mineur de fond avec une petite lumière pour noter dans la nuit. » J'étais allée ouvrir les volets, je voulais voir son visage. Un jour comme ça, j'étais prête à prendre une maison avec elle. Avec une grande terrasse, un jardin ce serait l'idéal. Pouvoir sortir, aller, venir, dehors, être à l'extérieur. Je ferai ci, je ferai ça. Je ne voulais pas arrêter. Le test réagissait ! J'aime te voir, j'aime te voir arriver. J'aime qui tu es. J'aime tes cheveux, tes yeux, tes lunettes de soleil, tes vêtements, ton nez, ta bouche, ta taille. Je rêve : Nous avons une maison. Nous la partageons. Nous l'aimons, toutes les deux. Nous choisissons des choses que nous aimons. Léonore est là. Personne ne peut rien trouver à redire. Tu aimes ce que j'écris. Tu l'aimes beaucoup. On s'aime. On se sent fortes ensemble. Et avec Léonore. Pitou mon cœur veille sur elle. Pitou mon cœur c'était le surnom de sa chienne. Elle rigolerait, elle aurait un petit rire, « dans huit jours, tu peux dire le contraire ». Je pensais tout ce que je disais. J'aurais été prête à prendre une maison avec elle, un jour comme celui du casque de mineur. Avec la petite lumière, pour noter la nuit, les idées et les rêves qui me venaient. Une maison avec deux étages, elle avec un jardin en bas. Moi avec Léonore en haut. Il y avait eu aussi : « Tu viens de partir, il est neuf heures vingt. C'est ridicule, d'aimer tes yeux comme je les aime, d'aimer tes mains, l'intérieur et le dessus, ton corps, sa douceur, sa petite forme, tes cheveux et ton cou avec ton collier en or. Cette lettre, il faut que tu la brûles, elle est bête. Je t'aime. Christine. » Au début, il y avait de l'excitation, mais le dégoût arrivait toujours, on se rhabillait. Puis elle m'avait dit, une nuit, « c'est la première fois que je ne crains pas la duperie ». Et Claude, le lendemain, « c'est inouï, comment on peut être complètement dans la vie de quelqu'un et ça s'évanouit ». Je n'arrivais pas à travailler. Je téléphonais à Marie pour lui dire, je rappelais, pour lui dire « donne-moi une idée... ». Il y avait des patients dans la salle d'attente, elle était pressée. « Donne-moi une idée, je ne raccroche pas tant que tu ne m'en as pas donné. Donne-m'en une, je t'en prie, je suis bloquée. – Parle de mon absence de queue, qui me désespère tous les jours. – Tous les jours ? – Tous les jours un peu plus. » Merci pour les fleurs, elles ont fané, je les ai jetées. Ça ne tient pas les iris. J'ai téléphoné à Marie pour lui dire « est-ce que tu te rappelles qu'en novembre j'étais à deux doigts de prendre une maison sur deux étages avec toi ? » Il était tard, il fallait raccrocher. Avant quand je l'appelais, elle me répondait, avant d'aller dormir « je t'embrasse très très très »,

« je t'embrasse très très très et partout ». Muzil toussait comme un dératé. Je me disais au début, « les incisions sur le clonage lui seront désagréables ». Muzil, Misty, Yassou, elle a des tortues aussi, et des poissons, mais Baya mange leur nourriture, Pitou mon cœur. Elle est tellement gourmande. « J'aime les femmes », on a entendu ça combien de fois ? Dire « j'aime les femmes », quand on est un homme c'est facile. « J'aime les animaux », pour un être humain c'est facile. Muzil me raconta à quel point le corps, lancé dans les circuits médicaux, perd toute identité, exsangue de son histoire et de sa dignité. Bénédicte m'écrit « peut-être que vous ne mettez pas le lecteur à la porte, que vous ne le laissez même pas sur le seuil et que la lumière, dans vos livres, je n'ai pas su la voir ». J'aimais la position quand je me mettais sur elle. Ça marchait bien, c'était comme avec un homme. On aimait toutes les deux. Je me rappelle une fois, à peine remise, à peine ma respiration reprise, je n'étais pas reposée, elle voulait me faire rejouir. Mon corps était démagnétisé. Il faut du temps pour qu'il se recharge, comme un téléphone en électricité. Le laisser sur son socle quelque temps sans le prendre. Démagnétisée, les seins insensibles. Elle me léchait, déjà que cette position... Elle était trop pressée, à peine

reposée, à peine ma respiration reprise, j'égre-
nais les fantasmes possibles, aucun ne marchait,
comme les fax à Jean-Marc je les brûlais. Les
uns après les autres. Épuisés. Pas un ne marchait. Aucun ne convenait. Aucun, il y a des
jours. J'avais fini par dire « arrête ». On était
confrontées à l'échec pour la première fois. Je
ne pouvais pas m'endormir là-dessus. J'avais
mis ses doigts. « Tu n'aimes pas rester sur un
échec hein, toi ? » Je regardais le rideau sur la
fenêtre. Ce tissu qu'on avait choisi Claude et
moi ensemble. On choisissait toujours tous les
deux, on était « les amoureux ».

Carnet de son père : Mes couilles : Mes parties. Europe, Asie, Afrique, Océanie, Amé-
rique : les cinq parties du monde. 1937, ma
jeunesse. Je suis né le 18 décembre 1906 à Carcassonne. C'est là que je passai les six premières
années de ma vie. De ce temps, je n'ai que peu
de souvenirs. Léonore se rappellera tout. Baya,
la chienne. Yassou, les tortues, les poissons dans
les aquariums à la sortie de l'école. Clara. Ding-
ding avec son amoureux. Maman et Marie.
Peut-être la maison de l'île de Ré. Quand je me
promenais sur la plage avec elle, il y avait
comme beaucoup d'homosexuels un chien avec
nous, notre enfant était un monstre à force
d'unions dégénérées. Il y avait Léonore heu-

63

reusement qui lui lançait des pierres dans la mer. De sa seule petite présence qui courait, coupant court. Je l'ai léchée moi, cette mère, dont l'enfant est une chienne. Je suis folle, vraiment, je suis folle. Je ne toucherai qu'un petit public de détraqués dans mon genre si je continue. Comme me l'a prédit Janine. J'ai arrêté, je commence à travailler, mon petit public de détraqués c'est ma bouée. Quand je me lève de ma chaise et que je me mets à tituber. Reprise par mes nausées. Descendre la rue de la Loge en s'appuyant aux murs, monter chez l'avocat en s'appuyant à la rampe. Au début je rasais les murs, je m'y appuie à présent. « J'aime les femmes », « j'aime les animaux ». Je suis encore sous le choc. Je n'avais pas du tout l'intention de téléphoner hier soir, pas du tout. J'étais crevée, je voulais me coucher tôt. Très tôt. J'avais passé une bonne journée. J'avais passé des heures avec Claude. Léonore était rentrée de bonne humeur. Elle avait passé toute la journée avec Clara chez sa grand-mère. J'avais des projets pour le 8 mai avec Claude. Ça allait, tout se détendait. J'ai téléphoné. Mais j'avais des spasmes du bas du ventre jusque sous la poitrine, j'avais très mal. Je prends le téléphone. Je demande si je la dérange. Elle me dit « je te rappelle dans cinq minutes ». Très bien. Ça va ? J'ai mal au ventre, j'ai des spasmes. Je suis tellement fatiguée. Puis toute contente, elle « j'étais au vernissage de l'Arpac, j'ai décidé pour le 16 de faire une soirée avec Agnès et Annie ». Ça a dérapé à partir de là. J'étais invitée, je pouvais inviter qui je voulais. Qui voulez-vous que j'invite ? Elle pensait que ça m'aurait fait plaisir. Eh bien tu t'es trompée. Ne nous voyons plus, du tout, même en amies. Toujours, toujours, toujours, essayer de remballer, de rembarrer, d'arrêter. Je crois, pour l'instant je décris sans réfléchir. Refaire mes paquets, mon sac, adios, je regrette qu'on se soit connues. Le 9 septembre, je regrette d'être allée à ce dîner. Où je t'ai rencontrée. Toujours, toujours. J'ai vu Alain, je vais travailler avec lui. C'est bien. Tu dois être contente ? Arrête, de faire semblant de t'intéresser. Je vais me coucher. Je suis crevée. Oui, ça va mieux, tu as raison, va te coucher. Repose-toi. Je t'embrasse. Oui, c'est ça. Au revoir. À un de ces jours. Mais on continue. On parle. Mais ça ne marche pas. Et puis il y a des problèmes sur la ligne. Elle me dit « je te rappelle ». J'appelle Frédéric pour que ce soit occupé. Je reste une bonne demi-heure. Puis je rappelle. Je dis « excuse-moi, Frédéric m'a appelée, ça devait être occupé ». C'est bien ce projet de travail avec Alain. Je t'en prie, arrête.

Et ça devient insupportable petit à petit. Je raccroche, je dis que j'en ai marre. Je rappelle, je dis que j'en ai marre. Il faut complètement arrêter, ne nous voyons plus, du tout. Je ne peux plus supporter. Je me couche, je me suis lavé les dents, je suis prête à me coucher. J'ai même débranché le téléphone. Je me couche, mais je rappelle, je rebranche le téléphone et je rappelle. Pour lui dire : j'en ai marre, marre, marre. On passe comme ça tous les soirs des heures. Elle me dit, on pourrait lire à la place, voir des films, des ami(e)s, se reposer, au lieu de ça, toutes ces heures perdues, à rien. À débrancher rappeler. Je me couche, je rappelle. Je me suis couchée, en me disant alors là c'est vraiment fini. Je n'en pouvais plus. Le seul bon côté c'est demain, je pourrais écrire ce délire. Rita a dit à Claude « *Les Autres*, Christine, elle a exagéré », et aussi « est-ce qu'elle est toujours avec la femme ? » Et Herman « on saura tout dans le prochain livre ». Je ne voyais plus mon père, j'avais rencontré Claude, je m'étais mariée avec lui. J'ai décidé de revoir mon père. Je n'avais eu avec lui que des relations sexuelles inabouties. Comme par hasard, d'éphèbe... Il fallait un tour d'horizon complet pour que l'écriture continue de battre. Battre, oui, battre. Comme les coups et le sang. La pénétration anale allait pour le

début, mais la suite. J'avais lu dans la presse
« une couverture médiatique se mérite ». Faire
honte aux journalistes, les petites piques,
comme on lance des fléchettes à la foire, c'est
l'éthique, c'est la détente aussi. Des muscles du
sphincter et du périnée sollicités pour écrire
certaines pages. Marie. Qu'est-ce que tu fais
Marie en ce moment ? Tu vois des patients ? Tu
es à l'hôpital ce matin. Cet après-midi, tu fais
un tennis. Demain, tu te reposes. Tu ne fais
rien, tu ne veux rien faire. Samedi tu nous
emmènes en voiture Léonore et moi au théâtre.
Tu ne nous laisses pas beaucoup le choix de la
date. Mais c'est gentil. Je lui ai lu par téléphone
« cette mère dont l'enfant est un chien ». Elle
n'a pas réagi, ça ne l'a pas fait bondir, leurs
chiens sont des enfants, souvent des labradors,
ça doit être connu.

Ce qui est bien c'est qu'elle est médecin. Elle
m'a prescrit une rééducation respiratoire et vertébrale. Après trois mois de torsions homosexuelles, c'était nécessaire. (Je ne plaisante pas.)
Le kiné m'a demandé ce que je faisais comme
travail, pour avoir le dos dans cet état. Écrivain.
Il n'a pas demandé plus. Il a compris. Les seins,
je n'osais pas frôler. Le clitoris, je ne savais pas
où ça se trouvait. Je n'aimais pas sortir avec elle,
et qu'on m'imagine en train de me repérer. Elle

était venue maquiller les yeux de Léonore le jour du carnaval en Japonaise. Ma petite fille, on en a parlé dans *Midi Libre*. Les yeux bridés s'embuent de larmes quand ils brûlent Monsieur Carnaval. Pour la petite Japonaise, le défilé a pris un tour différent. Les écoliers ne cessaient pas leurs chants ni leurs farandoles. Sauf la petite Japonaise, dont le khôl coulait. Les girafes quand j'ai à côté de moi des gosses qui crèvent de faim. Une lesbienne, quand j'ai à côté de moi ma fille qui pleure, Monsieur Carnaval brûle. Mais Monsieur Carnaval ç'aurait pu être elle il y a quarante ans dans un camp de déportés homosexuels. Je rêve! Je rêve : J'aimais la voir, la voir arriver. Et avec Léonore. Pitou mon cœur veillait sur elle. C'était le surnom de sa chienne, Baya. Elle était très homosexuelle, elle avait tout, la chatte, la chienne. J'étais fascinée. Clara voulait toujours être la maman. Elle se dépêche, elle le dit vite. Léonore, ce qu'il lui reste, elle me le raconte en pleurant, c'est d'être la deuxième maman. Mais pas le droit d'avoir un petit enfant, un petit chat ou un petit chien, c'est tout. J'en suis malade. J'étais atteinte. J'ai vraiment été pendant trois mois hors de moi. Je voulais continuer. Je me sentais de force. Mais ça y est, j'ai bu la lie. Léonore s'en fiche de plus en plus de faire le garçon dans les jeux, puisque

Clara tient absolument à faire la fille. D'un geste de la main, il avait coupé court à toute discussion : Combien de temps ? Muzil m'avait dit « le médecin ne donne pas la vérité abruptement, il offre au patient les moyens de l'appréhender ou non par lui-même, dans un discours diffus ». L'absence de queue, j'en étais consciente et je la déplorais. Le jeu de miroir, j'en étais victime et je le déplorais. Je n'avais pas de prétention à la perfection au bout d'un moment. J'essayais. Il m'arrivait de me rebeller. Je mettais des jupes. Le patron prescrivit à Muzil des doses massives d'antibiotiques. J'aime les femmes, j'aime les animaux, j'aime les hommes, j'aime l'Italie, j'aime le rouge, j'aime Léonore, j'aime la vie, et les chiens, aussi.

Sa première lettre : C'est de René Char. C'est pour toi : Impose ta chance, serre ton bonheur et va vers ton risque. À te regarder, ils s'habitueront. La deuxième : L'air que je sens toujours prêt à manquer à la plupart des êtres, s'il te traverse, a une profusion et des loisirs étincelants. Je vis merveilleusement avec toi. Voilà la chance unique. Midi vingt. J'ai devant moi la lettre d'Afrique, le livre de Guibert, le magazine *Eurêka*, *Libé* sur Viagra, les carnets de son père, les clones d'animaux, le téléphone. Elle ne m'a pas appelée ce matin. Je suis épuisée. Je dormais,

Léonore m'a réveillée. À la porte, toc toc. Pas de Marie. Je suis seule. Un photographe vient de me téléphoner, il veut un texte, c'est pour des photos de buts de football. Et aussi : Bien sûr que je suis émue lorsque je pense à toi lorsque je te vois, bien sûr que c'est insupportable pour moi l'idée de ne plus te voir de ne plus te serrer dans mes bras de ne plus te faire l'amour C'est une drôle d'épreuve que celle de ton absence, de cette solitude dans laquelle malgré moi tu m'accompagnes J'aimerais tant arriver à être tout simplement près de toi avec toi dans la vie Pour la première fois je ressens vraiment le manque la souffrance c'est dur, c'est nécessaire Peut-être vais-je tout perdre, te perdre je ne sais pas Je pense à toi beaucoup trop je pense à toi presque tout le temps Je t'embrasse. Je n'ai pas envie de lui téléphoner. Ça s'est évanoui. Claude hier m'a dit avant de partir, il n'y a qu'avec toi que j'ai des élans comme ça. Comment ça ? Je ne peux pas t'expliquer, des élans. L'envie de faire des choses avec toi, des élans avec toi. Pas pour passer le temps, des élans, de véritables élans, vraiment envie. Je n'avais pas d'élans, aller au cinéma, au restaurant, en voyage, en vacances, je ne pouvais pas, pas de joie particulière à découvrir ensemble, pour moi, pas d'élans particuliers avec elle.

Pourtant le test était positif. Les seins, ils étaient petits pourtant les siens. Ça me fascinait. Je l'imaginais avec d'autres femmes. Je n'étais pas jalouse, ça me fascinait ces femmes en contact. Elle était dans un champ très ras. Elle l'avait rêvé à New York. Son père était avec elle. Le champ était bien plat, bien ras, la pelouse, bien rase. La visibilité, maximale. Pourtant, on entend des chasseurs, des tirs. Incroyable, des chasseurs n'oseraient pas tirer, dans un endroit si facile, avec une telle visibilité, ne laissant aucune chance à l'animal. Si. Un petit daim arrive. Il a des yeux tranquilles, et affolés. Elle le voit, elle dit à son père : Ce n'est pas possible. Les chasseurs ne vont pas tirer. Mais si, dans l'oreille en plus, un endroit si fragile. Le petit daim tranquille et affolé. C'était moi le petit daim tranquille et affolé, bien sûr, ou elle. Écrivant ça je retrouve l'amour. Je l'aime. Je vais lui téléphoner. Je rêve. Une maison, toutes les deux. Deux étages. Léonore est là. Ça va. J'écris. Elle part travailler. Elle rentre, je suis là. Je vais chercher Léonore à l'école. Sauf le jeudi, le jeudi c'est elle, elle l'emmène faire un tour à la mer avec Baya. Toutes les deux jettent des cailloux dans la mer, Baya les cherche dans l'eau. Oh! non, elle n'a pas froid. Regarde tous ces poils. Je ne suis pas homosexuelle. Trois mois je l'ai été,

71

je m'y suis crue condamnée. J'étais prise au jeu. Mais je refusais de dormir chez elle. Dans cette maison pleine d'animaux. Avec une piscine. Quand on pense à toutes les façons de vivre, c'est formidable aussi, on ne meurt pas. Se baigner dans la piscine. Prendre son bain. Neuf heures, se doucher. 8 mai, se dire « je ne me lave pas, aujourd'hui ». Ou téléphoner, pleurer, attendre, réserver le resto pour ce soir, s'ennuyer un peu, attendre des amis pour partir en pique-nique (pas moi), il fait gris, ça va se lever. Avoir des élans, écouter de la musique. Tousser, ne pas avoir le moral. Faire des courses, le matin, l'après-midi tout sera fermé. Bander. Faire l'amour. Se masturber, pisser, se dégonfler, réfléchir à quelque chose, pleurer, revenir d'Afrique. Lire. Ne pas aimer. S'ennuyer. Retrouver sa fille. M'attendre. Attendre mon coup de fil. Ne pas appeler. Savoir que je finirai par le faire. Peut-être pas. Cette fois. Peut-être pas tout de suite. Me laisser prendre mon temps. Me retourner. Peut-être que j'écris. Peut-être que je suis avec quelqu'un. Nous voir, par la fenêtre en face, en arrosant des bonsaïs. Partir à Londres, demander à un ami, comme par hasard à Claude, d'arroser les bonsaïs, alors que j'habite en face. Ouvrir la maison. Crier dans la rue. Comme hier soir.

Quelqu'un, pendant deux heures au moins. Se dire, il est midi, elle avait dit qu'on déjeunerait ensemble. Attendre que j'appelle. Savoir que je vais le faire. Elle va appeler. J'ai appelé. Il y avait des femmes dans les camps de déportés homosexuels. Les haut-parleurs diffusaient de la musique classique. Les SS mettaient Jo à nu. Ils lui enfoncent un seau violemment sur la tête. Brune, les seins nus, ses hanches fines, son torse, son cou avec son petit collier en or. Le fard de son regard. Le khôl coule. Un seau en fer-blanc. Ils lâchent sur elle les chiens de garde du camp. Elle pense à Baya, sa chienne qu'elle adorait. Pitou mon cœur. Les chiens qui aboyaient autour. Ma chérie Ce que j'aimerais le plus c'est réussir à vivre près de toi Avec toi, toi pour moi et moi pour toi, avec d'autres proches, intimes parfois, vivre et investir un lieu pour nous. Je rêve. Nous choisissons des choses que nous aimons. Pitou mon cœur veille sur elle. De plus en plus je me surprends à dire nous pour toi et moi, à penser avec toi le temps la vie l'avenir Je t'aime tu le sais ne l'oublie pas Soyons l'une avec l'autre. Je viens de l'appeler. C'était occupé, il y avait le signal d'appel. Elle ne l'a pas pris. J'ai rappelé, elle ne l'a toujours pas pris. J'ai rappelé, ça sonnait, il y avait le répondeur. J'ai laissé le message suivant :

73

Qu'est-ce que tu fabriques ? Je t'appelle, c'est occupé, tu ne prends pas le signal d'appel. Je rappelle, c'est le répondeur. Qu'est-ce que tu fais ? Elle est peut-être partie promener Baya, tout de suite après avoir raccroché. Ça m'étonnerait, j'ai rappelé tout de suite. Elle a peut-être décidé de ne plus jamais entendre ma voix après cette nuit. Hier soir au téléphone « je souffre » et « je suis malheureuse, laisse-moi ». Puis j'ai inversé, on s'est quittées en se disant à demain, c'est-à-dire aujourd'hui. Dans la nuit elle a peut-être de nouveau changé d'avis. J'étais décidée à rompre, et définitivement, cette fois, hier. Non, je n'étais pas très sûre de désirer vraiment qu'elle m'accompagne à Avignon. Le mois prochain à Paris encore moins. On ne se verrait peut-être plus du tout d'ailleurs. Du tout. J'ai senti des sanglots dans sa voix et je suis revenue en arrière. Quand elle dit « tu m'as fait croire à des choses, j'y ai cru... », elle m'émeut, « à l'amour... », « tu m'as dit il y a quelques jours que tu m'aimerais toujours et que tu n'oublierais jamais comment je suis avec toi, tout ce que je fais, mais non, il faut que tu casses ». On avait arrêté déjà en février. Je lui avais dit « j'ai besoin d'être seule ». Elle avait répondu « moi aussi ». Le soir, Léonore était couchée. Je lui ai téléphoné, je n'aurais pas dû. Ça a déraillé, ça a mal tourné encore. Puis j'ai regardé *Muriel*, les deux filles s'en vont en taxi à la fin du film. Je l'ai appelée, c'était spontané, elle était contente, elle m'a dit, je t'ai écrit, je me suis promenée, j'ai pensé à toi toute la journée. Je t'en parlerai demain. Dis-moi. Non, je t'en parlerai demain. Demain je ne sais pas si on se verra. On a dit qu'on emmenait Léonore au théâtre. Après on se quitte. On verra. Enfin on verra. Dis-moi ce que tu as pensé. J'ai pensé que je t'aimais et à toutes les choses de toi que je ne supporte pas. Eh bien, ne nous voyons pas. Je peux très bien aller au théâtre avec Alexandra, ne te dérange pas. J'ai passé une excellente journée sans te voir. Elle m'a raccroché au nez. Cinq minutes après ça ressonnait. J'ai dit de nouveau des choses. De nouveau elle m'a raccroché au nez. Je suis allée me brosser les dents, prendre mes médicaments. Je l'ai rappelée, elle avait débranché. Je l'ai rappelée quatre fois. Elle n'a pas répondu, elle avait débranché, s'endormir là-dessus. Elle m'a avoué après, que la première sonnerie, elle l'avait entendue. Elle ne voulait pas répondre, entendre la sonnerie lui a suffi. Et les autres, les autres sonneries ? Elle avait mis des boules Quiès. Je sais où je suis merdique moi aussi. Je ne le dirai pas, le jour où je le dirai ce sera un chef-d'œuvre, personne ne veut le dire, ça. Personne ne peut le dire. Là où il est merdique. Personne. Je vis d'expédients, je n'en dirai pas plus. J'accepte mal d'être clouée, depuis trop longtemps, je n'en dirai pas plus. Trois mois. Pas tout le temps. Des hommes qui ne clouent pas ou des femmes qui en auraient le tempérament mais des doigts seulement. Marie m'a dit « Viagra, tu sais qu'il y a des femmes qui en prennent, pour améliorer leurs performances ». Claude, « tu sais qu'aux États-Unis, ils voulaient élargir les buts ? Pour en marquer plus. Que ce soit plus attrayant pour le public ». Le samedi matin, après le dérapage téléphonique une fois de plus, je l'ai rappelée. Pour lui dire bon alors, qu'est-ce qu'on fait ? Je vous passe les détails, il y a eu encore plein d'engueulades. Elle est arrivée finalement vers deux heures. Dès que je la vois, ça s'embrase. Puis ça baisse, elle le sent, c'est un petit clou, un petit chou, un petit bout, un petit bout'chou qui manque. Je lui ai fait lire mon texte sur le foot, pendant ce temps-là j'ai lu sa lettre. Avec son écriture de médecin, très large. Un jour comme les autres sans toi. Un jour pâle, fade. (Elle ne met pas de ponctuation.) Un jour comme les autres sans toi Un jour pâle fade Le manque de toi aigu et pourtant je ne bouge pas je ne fais pas un pas vers toi (Il n'y a pas de ponctuation du tout. Pas de limites, les métaux se confondent, la fusion, le mélange, pas de virgule, pas de point.) Un jour comme les autres sans toi Un jour pâle fade Le manque de toi aigu et pourtant je ne bouge pas je ne fais pas un pas vers toi J'écoute et je sais que tu es en moi je te sens bouger dans mon ventre c'est mon ventre qui me parle le mieux de toi Je me laisse emporter je veux le risque de l'amour de cet amour-ci avec toi si particulier si intime parfois et la lucidité terrible qui l'accompagne Je suis fière de toi fière de moi avec toi, de l'amour que tu me portes mais est-ce à moi qu'il s'adresse cet amour Les paroles tes paroles me sont-elles destinées Si seulement une fois je me sentais issue d'un amour véritable Cette absence d'amour rend stériles toutes mes propres tentatives Amour avorté destin avorté peut-être est-ce cela et seulement cela mon destin Peut-être ne le dépasserai-je jamais Peut-être irai-je toujours de bras en bras à la recherche d'un geste d'un visage qui me parle vraiment d'amour qui m'adresserait une chose particulière à moi seule Destination unique d'une parole qui s'est perdue d'un amour qui ne s'est pas construit d'une vie qui se détruit oui j'ai envie d'appartenir et j'ai envie d'aimer de t'aimer d'être aimée de toi Mais je suis privée de tout Je pense à l'amour et c'est l'envahissement qui est là J'ai peur de ne jamais y arriver, tu sais et si je n'y arrive jamais Alors à quoi bon continuer Oui j'ai peur et plus j'ai peur plus je reste à distance de toi plus je fuis ton visage tes bras Tu comprends mais tu ne peux pas supporter et moi non plus je ne peux plus Je t'aime. Léonore je l'appelle Marie-Christine et Marie-Christine je l'appelle Léonore je ne savais pas quand on l'a mise sur ma poitrine que c'était ça avoir une petite fille la Sainte Vierge séparée de l'Enfant je pleurais ne riez pas pas de Marie mon mari, veillait sur nous, Joseph, j'étais la mère du Christ et le Christ, les doigts de Marie-Christine avaient six ans de moins, j'accouchais Léonore Marie-Christine Marie-Christine Léonore Léonore Marie-Christine Marie-Christine Léonore Léonore Léonore Léonore Marie-Christine Léonore Léonore Léonore. Léonore Marie-Christine Marie-Christine Léonore. Léonore Marie-Christine. Marie-Christine Léonore. Mon petit amour ma petite chérie mon or mon trésor mon amour mon petit amour Marie-Christine Léonore Léonore Marie-Christine Marie-Christine Léonore Léonore Marie-Christine Marie-Christine Léonore En accouchant je suis devenue homosexuelle en accouchant Léonore Marie-Christine Léonore Léonore Léonore Léonore-Christine faudra qu'on y aille dans ce restaurant À Copenhague Le Léonore-Christine Léonore Marie-Christine Léonore Léonore Mon trésor Allez le but le but le foot. Elle le sait Léonore que c'est la Coupe du monde. On leur rebat assez les oreilles avec ça à l'école. J'ai téléphoné à Pierre Blanc, le photographe, il était content que j'aie commencé. Vraiment très content, on acceptera de me payer ce que j'ai demandé. Il avait l'air content, très content. Samedi soir, chez elle. J'avais mis Alain Chamfort L'éternité c'est quand je prends ta bouche Pas le nombre d'années que purgent les condamnés. Elle me parlait de Yassou, on voit toujours l'empreinte des crocs du chien noir. Je lui ai parlé de Léonore tout de suite après. Qu'est-ce qui te fait penser à Léonore, tout d'un coup ? Yassou, la petite chatte. J'avais mis le dernier disque d'Alain Chamfort samedi soir, elle était en train, dans l'autre pièce, de refaire le pansement de la chatte. Je l'ai vue traverser toute la grande pièce. Quand elle arrive de loin. Quand je vois tout son corps qui avance vers moi. Surtout si elle sourit. Et surtout si elle a les yeux qui brillent. Ou alors si elle parle à d'autres. Je la vois par la fenêtre. Comme hier. Ou trois petits coups dans le mur. Dans l'autre pièce. Elles sont loin, belles, elles vont s'endormir. Dors, oui, je frapperai dans le mur. Bien sûr. Et aussi, au moment de me coucher, caresse et bisous, oui bien sûr. On a fait du vélo aussi hier. J'ai perdu mon magazine scientifique. À quoi servent les clones d'animaux ? Toutes les questions que les Français se posent. Qu'est-ce que le locked-in syndrome ? Vous n'abordez pas une autre cause de dysfonctionnement : le vieillissement. On sait pourtant que la sécheresse vaginale et les douleurs durant les rapports existent. Marie est allergique au cyprès, bien sûr, l'arbre des cimetières, mais de l'Italie aussi. Une piqûre, comme par hasard une piqûre avec son dard, lui a causé pendant vingt-quatre heures des maux de tête. Ma chérie On est samedi tu viens de partir et je me sens tellement avec toi j'ai ta force et ton désir en moi et le mien et tout ça me donne l'envie de vivre d'avancer de t'attendre parfois de te suivre de te montrer le chemin ou d'emprunter le tien c'est souvent un chemin pour les ânes difficile nous n'avons pas de sabots mais seulement notre cœur nos mains nos bouches Nos paroles et elles sont si souvent pleines de doute Mais aussi pleines d'une certitude celle de l'évidence d'un Amour qu'on partage j'espère pour longtemps peut-être pour toujours. Elle m'en parle très peu mais de temps en temps, elle me dit qu'elle a de la peine que je ne la lèche jamais. Je lui lèche les bras, le ventre et le buste, souvent. Plus bas je ne peux pas la voir, c'est ce que je n'aimais pas. Elle n'aime pas ce terme lécher. (N'aimait.) Pour elle, c'est lécher des restes. Dans une assiette grasse. Elle me dit bien sûr les doigts mais ce qu'on touche avec la bouche... Je suis la première femme qui ne le lui fait pas, peut-être quatre ou cinq fois, ou six, plus, après. Elle avait l'impression qu'une partie de son corps, je ne l'aimais pas. J'ai laissé passer un peu de temps, je savais que j'allais descendre. Je n'avais pas envie de rentrer chez moi tout de suite. Elle était pressée de me raccompagner, elle travaillait tôt le lendemain à l'hôpital. J'étais bien dans ses bras, j'avais envie de rester un peu. Et je savais que si je la léchais elle ne serait plus si pressée. Elle n'était plus pressée. J'ai pleuré, mes larmes sur mes joues et les sécrétions vaginales de Marie-Christine Léonore-Christine, ce restaurant, on fera couler le champagne. Léonore. Léonore. Marie. Marie. Christine. Je pleurais, c'était la fusion, j'étais elle, en plein délire homosexuel. En plein délire. Je replongeais. Le dernier verre, une fois qu'on a fini, il ne faut pas reprendre une larme d'alcool normalement. Lécher, pleurer, elle avait son vernix, elle était toute noire et violette,

elle venait de naître, quand on l'a posée sur moi.
Je l'aurais léchée comme les chattes, les
chiennes, sans les médecins qui surveillaient.
Hier elle pleurait. Le dernier nymphéa. Le
manque de toi à vif incroyablement Mais je le
ressens comme nécessaire tout au long du
voyage de retour la tentation de venir vers toi
était tellement forte Mais impossible d'aller vers
toi pour engendrer et subir la violence de
l'impossibilité. Léonore était à La Grande-
Motte chez ma mère. Marie m'a parlé du chat,
Yassou, je me suis mise à pleurer Léonore, ma
chatte à moi. Elle m'a proposé d'y aller, d'aller
faire du vélo avec elle, de déjeuner, de se promener, puisqu'elle était triste. De toute façon,
ensuite, elle allait à la plage avec sa grand-mère,
on rentrerait. Demain dimanche avec toi un
dimanche à nous une vie à nous un livre à nous
Je t'aime. J'ai téléphoné, elle était tellement heureuse. On est allées se promener. Marie a pris le
vélo d'André, j'ai pris celui de ma mère,
Léonore a pris son petit vélo rose, on est allées
se promener au bord de l'étang. Il faisait chaud,
on est allées dans le bois de pins. C'était difficile
de rouler, le sable, les aiguilles de pin. On a
décidé de poser les vélos. D'aller marcher le
long du golf avec Baya. Baya bien sûr. Toutes
les trois, et Pitou mon cœur. Un homme avec

une Jaguar nous a renseignées sur les chemins possibles. Léonore a protesté, elle sait, elle aurait pu nous dire. On a le droit de se promener là, il y a des voitures mais seulement de temps en temps. On était bien. J'ai pris Léonore un peu sur mes épaules, elle est grande, trop lourde maintenant. On s'est enfoncées un peu dans le bois. On s'est allongées. On était bien. On s'est relevées. On a pris le chemin du retour. Léonore m'a demandé si on pourrait, aller à l'île de Ré, cet été, avec Baya, fêter les deux anniversaires ensemble, puisque Baya est née comme elle le 9 juillet. Puis elle m'a dit à l'oreille « hein que Marie-Christine est homosexuelle ». Le résultat de mes bêtises, j'avais dit des choses qui n'étaient pas de son âge, d'une génération sur l'autre, les paroles c'est moins grave, je me disais, la perversité se décale. On est allées au restaurant. Puis il a fallu se quitter. Elle restait chez ma mère, je rentrais avec Marie-Christine et Baya dans la Saab. Elle pleurait, on a mis une heure à se séparer, on se séparait, on revenait, on se raisonnait, on revenait, ma mère est venue la chercher. Tout l'après-midi, il paraît, elle a continué de pleurer. Marie-Christine m'a dit : je suis épuisée, j'ai envie de dormir, ce n'est pas mon idéal de dimanche. Moi, si, ma petite fille dans la forêt de pins c'était mon idéal de dimanche. On s'est disputées. C'est mon idéal de dimanche. Eh bien moi non. Eh bien moi si. J'ai été homosexuelle trois mois, j'ai un peu repris. Je vais arrêter, c'est une question de semaine, de mois, pas d'années. Baya, Yassou, Muzil, je ne peux pas continuer. J'étais de bonne humeur. Je suis allée au comité de vigilance contre le Front national, ça m'a sortie, depuis trois mois, pour une fois. Je suis allée chercher Léonore à l'école. On a mangé. Je l'ai couchée. Ça allait. Une heure du matin, je ne dormais pas. J'ai pris des comprimés. Je m'endormais. Elle avait mal à l'oreille, elle m'avait réveillée, je l'ai engueulée. Mon psychanalyste m'a dit que ce n'était pas grave si je me prenais pour le Christ. Mes lecteurs sont mes sauveurs. Les lecteurs, l'électeur, l'élue. L'or, Léonore, Marie. Voilà c'est simple. Se débarrasser de tout, no man's land, même pas une portion de ciel, ne même pas la garder, tout élément qui ferait diversion, se débarrasser de tout obstacle. Déchirer tous les petits mots. Ma chérie quinze heure quinze Je t'aime. J'aurais voulu vivre continuellement près d'elle. Léonore pleurait quand je l'ai quittée à l'école. On s'est disputées avec Marie hier au téléphone. Elle m'a dit « calme-toi, je te rappelle », j'ai débranché. Je suis allée me coucher, Léonore faisait des cauchemars, elle gémissait dans son sommeil. Plusieurs fois je me suis relevée pour aller la caresser. Ça ne passait pas, ça recommençait, j'ai été obligée de me relever plusieurs fois. Et enfin miraculeusement je lui ai parlé dans l'oreille très doucement « maman t'aime, maman est là », ça s'est calmé. Avant de se disputer Marie-Christine m'avait dit que le no man's land, elle en était consciente. Ensuite ça avait dégénéré. Les autorités bavaroises recommandaient de tatouer un sigle bleu sur les fesses des personnes infectées. J'avais toujours pris des précautions avec le poète, même lorsqu'il m'avait prié de le traiter comme une chienne, et que je m'en étais servi comme d'un godemiché pour Jules. J'avais juste senti une sueur monter de nos trois corps, très étrange. Je me retenais de ne pas jouir dans la bouche du poète, car sucer une bite était ce qui excitait le plus ce petit hétéro, qui pleurnichait de ce que les filles ne suçaient pas, il voulait être pris comme une salope par substitution ou par projection inversée. Comme avec regret il finit par m'écrire « d'après les analyses, je n'ai pas le sida ». Il ne pensait qu'au suicide ou à la gloire ce jeune homme. Ma chérie Je n'ai aucune envie de te laisser lire cette lettre écrite dans un moment de tristesse de perte totale de confiance Ne me regarde plus jamais. La lettre commençait comme ça. On a continué de parler d'homosexualité, ça a dégénéré. La soirée qu'elle organise chez elle samedi, il n'est pas question que j'invite des amis. Elle a juré de m'embrasser sur la bouche devant tout le monde. Tout en continuant de dire qu'entre nous il n'y a pas d'avenir, me souiller, alors que je suis intouchable, me faire entrer dans une caste. Je l'étais et j'aurais voulu le rester, je crois. Je le redeviendrai. Un jour, lors d'une interview, « est-ce que vous êtes une intouchable ? » j'avais répondu oui tout de suite. En Inde ils n'ont le droit de rien, aucune possession, personne ne doit se mêler à eux. Je viens de lui téléphoner. Hier soir j'avais débranché, ce matin je n'étais pas là. De plus en plus maintenant je débranche, je laisse le répondeur, je ne suis pas là quand elle appelle, je suis dehors, je suis avec d'autres personnes. J'écoute les messages. Elle est détruite, je crois. Je l'ai quand même rappelée à l'hôpital. Elle veut m'offrir un vélo, elle veut qu'on y aille cet après-midi. Toutes les propositions, non. Tu n'es pas obligée. Si, je te l'ai proposé. Ce ne serait pas la première que tu retires. Je viens te chercher à trois heures. Tu n'es pas obligée. Je te téléphone, tu laisses le répondeur. Le vélo, tu n'en veux pas. Samedi, je fais une soirée pour toi, tu me dis que peut-être tu ne viendras pas. Je lui ai dit que je m'abîmais, mes sentiments n'étaient plus les mêmes, « tu sais, je t'aime moins qu'avant ». On a rendez-vous à trois heures. Pour deux heures. C'est vrai que tu m'aimes moins qu'avant ? J'ai dit ça parce que je t'aime plus qu'avant. Ah ! oui c'est la logique Angot, ah ! oui, t'as raison.

Tous les jours depuis quinze jours je disais « on arrête », elle trouvait une façon de continuer qui me désarmait, je repleurais et on n'arrêtait pas. Un soir, j'ai recommencé par téléphone, mais là « bon d'accord, je crois que tu as raison, on n'y arrivera jamais ». Et elle ne voulait plus cette fois changer d'avis. Je ne savais plus quoi faire de ma journée, même de ma vie. Je ne savais plus où emmener Léonore se promener. J'ai écrit : On n'a pas osé, on n'a pas pu, se mettre nues l'une devant l'autre. Voilà. Voilà ce que je crois. On avait hâte de se rhabiller. Maintenant ça y est. On est contentes. J'ai peur que pourquoi je t'aime, ça ne te plaise pas. Je t'aime parce que tu es douce, douce, douce. Parce que tu jettes des cailloux à ton chien sur la plage. Je n'ai jamais aimé que quelqu'un s'occupe de moi comme j'ai aimé que, toi, tu t'occupes de moi. Je t'aime comme personne ne t'a aimée. Oui, personne. Excuse-moi, je n'ai pas le droit de dire ça. Ce n'est pas vrai, sans doute. Mais souvent j'avoue que je pense les choses comme ça. Tu vas me dire que tu sais tout ça. Alors, d'accord, toi chez toi et moi chez moi. Chacun chez soi et merde. J'ai été indigne de toi, et toi de moi. On ne s'est pas donné les moyens, on les garde pour d'autres ou pour soi-même. Ma chérie, aide-moi, à me laisser aller à toi. Guide-moi, prends ma main. Arrêtons. Dis-moi que tu m'aimes, embarque-moi. Je n'aurais jamais dû te laisser aller te promener seule sur la plage. C'est tout. Tu es consciente, n'est-ce pas, que c'est difficile, ma chérie, d'être avec toi. Tu reprends tout ce que tu donnes. Ah là là là quel bavardage. Tout ça pour une histoire qui se termine. Tu ne crois pas qu'on aurait dû faire mieux que les autres ? Quel constat de faiblesse, et comme je m'en veux. Et comme je t'en veux aussi. Je t'aime. Tout ce que je n'ai jamais pu te dire, je n'y arrive toujours pas, ce sont des choses perdues. Que je te dirai peut-être dans longtemps. Le soir, je lui ai lu la lettre au téléphone. Elle m'a dit qu'elle allait réfléchir. Elle est venue me chercher à la gare, on est reparties, ç'a été magnifique. Cette lettre la bouleverse. Elle vient de me rappeler, tout va bien, elle m'aime, elle est contente de me voir cet après-midi, non, non, j'ai eu tort de m'inquiéter, il n'y a rien, le

téléphone était occupé, le signal d'appel s'est
déclenché, ça devait être un message sur le
répondeur, qui s'enregistrait, elle jouait au tennis, elle vient de rentrer, non, non, il n'y a pas
de problème, elle est contente de me voir, elle se
dépêche, elle a rendez-vous, elle viendra juste
après. À part de temps en temps des petites
craintes, tout a été comme ça, elle regardait les
annonces immobilières et téléphonait. On avait
même visité une maison. On avait pris la voie
rapide pour y aller. J'avais vu un chien mort sur
le bord. L'image ne s'effaçait pas. J'essayais de
l'oublier, je n'osais pas en parler. Après la visite,
on était invitées à dîner, je l'avais dit, j'avais été
obligée de le dire aux gens « il y a une image
que je n'arrive pas à effacer. – Mais quoi ? Quoi,
quoi, quoi ? – Il y avait un chien mort sur le
bord de la route quand on est arrivées. – Les
voies rapides, cette voie rapide ». On avait parlé
d'autre chose. Elle m'a dit « le jour où tu ne
m'aimeras plus du tout, dis-le-moi, ce n'est pas
la peine ». Mais elle est quand même partie à
l'île de Ré seule, sans moi, rejoindre sa cousine.
Quand elle m'a téléphoné j'entendais la voix de
sa cousine « Marie-Christine » qu'on lance
d'une autre pièce à ce qui vous appartient et
dont on a besoin. Jean, avec qui j'ai dîné hier,
m'a dit « c'est fou comme Christine c'est joli et

Marie-Christine c'est moche ». Elle est partie, elle voulait être loin de moi, à distance, elle avait besoin de se reposer, loin de moi. Je lui ai écrit. « Marie-Christine, que les choses soient claires. Tu as dit que tu m'écrirais, eh bien voilà ma réponse. Je m'ennuie avec toi, je ne m'amuse pas, je ne ris pas, mais surtout, plus grave, nous ne partageons pas. Les conversations que nous avons ne m'intéressent pas. Quand tu es revenue du tennis l'autre jour (ton tournoi), tu avais la peau   et   . Pourtant, je me suis laissé séduire par toi, tu n'étais pas comme ça, ta vivacité est de courte durée, il te faut des objets faciles pour continuer de briller. » Et moi qui rêvais. Nous aurions une maison. Nous la partagerions. Léonore aurait été là. Pitou mon cœur aurait veillé sur elle. « Mais surtout il y a en toi une cruauté. Tu attises la douleur quand tu la vois, tu es incapable de réelle amitié, de réelle consolation, bref, de réel amour. Je sais que maintenant, avec cette lettre, tu ne me téléphoneras plus. Je serai débarrassée de ton manque d'amour. » Parallèlement, je prenais pour moi des notes, sur mon carnet : Elle est : pas belle,   ,   , poitrine creuse, je n'aime pas parler avec elle, ses amies, etc., les animaux, elle est le chien-chien de sa cousine, etc., en interdisant le clonage humain, on oblige à la reproduction, ce qui est bien. Le téléphone a sonné. Je n'ai pas répondu. Le répondeur s'est déclenché. C'était elle, qui m'appelait de l'île de Ré. Je voulais te parler, t'avoir un petit peu au téléphone, avant que tu ne partes pour Turin. Mais bon. Bien écoute... je ne sais même pas à quelle heure tu pars. Si tu as mon message, essaie de me rappeler. Sinon, je t'appellerai dimanche soir, quand tu seras de retour. Je voulais te dire que j'espère que ça va bien se passer pour toi à Turin et que je t'embrasse très fort. « Ces deux dernières semaines, pour tout avouer, même la sexualité m'a paru terne avec toi. Le désir répondant à des automatismes. » Elle l'avait dit elle-même « le week-end dernier, je t'ai sentie automatisée ». J'ai composé le numéro de l'île de Ré. J'ai fait trois sonneries et j'ai raccroché. Immédiatement après ça a ressonné. C'était elle, « tu as eu mon message ? – Oui, je viens de rentrer, à la seconde. Je t'ai rappelée, mais quand j'ai entendu la fin de votre message, alors qu'il y a des hommes dans la maison "nous sommes absentes" le couple Nadine et toi j'ai raccroché, parce qu'en plus, si tout ce que tu as à me dire c'est "j'espère que ça va bien se passer pour toi à Turin", ça ne m'intéresse pas de te parler. – Je voulais te dire que je pensais à toi, qu'ici je

91

voyais beaucoup de choses qui me rappellent à toi. – Comment tu penses à moi ? – Je veux laisser passer du temps, je ne veux pas te répondre, je te dirai en rentrant ». Et là, on entend la cousine Nadine, l'actrice, la voix qui porte, qui appelle du fond de la cuisine « Marie-Christine... » Une lesbienne dans la famille rend plein de services. Habile, disponible, malin, pas chochotte. « On t'appelle, vas-y. » Si nous étions cinq comme moi, je pourrais en faire plus, ce serait formidable, dit une femme d'Austin au Texas interrogée sur le clonage. Ça l'a énervée toutes ces remarques, quand elle a lu le manuscrit. C'est facile, je sais. Toujours m'appuyer sur des choses annexes, faire des rapprochements, depuis que j'écris, il y a toujours eu d'autres voix, d'autres textes, d'autres choses, un autre angle sous lequel j'essaie de me montrer. Moi et autre chose, toujours. Il faut que je compte sur moi maintenant, le plus proche, le plus réel, pas grand-chose, avec l'inceste je ne peux pas me sentir grand-chose, le corps, la vie, le lieu où je vis, la comédie que je me joue, dans mes angoisses mes crises de larmes, mes coups de fil, mon intelligence, etc., toutes mes limites, être juste sur ma limite, m'appuyer dessus, comme à la rampe qui monte chez l'avocat. Que tout le monde la voie, ma nullité, mon rien, mon minimum d'être humain, le tout petit écrivain que je suis. Qui essaye par des remarques fines, sur le clonage ici, d'avoir l'air un tout petit peu plus malin que ce qu'il n'est. Moi : « Tu ne m'as pas plu à la fête chez toi. Je n'ai pas eu autant de plaisir qu'avant à danser avec toi. Tout cela s'est formé au cours des dernières semaines. Avant, mon désir était sincère, impératif, vers toi. Mon amour aussi. J'ai découvert la beauté en toi, et puis elle s'est masquée, je dirais vers fin février, pour ne plus revenir. Aux États-Unis, nous avons eu du plaisir et de bons moments mais pas de bonheur. Passé quelques mois, le bonheur doit être là. Un temps, j'ai vraiment espéré le vivre avec toi, ce n'est pas possible avec toi. Il y a vraiment trop peu d'amour. Il y a trop peu de tout. » Hier je lui ai posé la question « aurais-tu préféré ne pas me connaître ? », elle m'a dit que ça dépendait des fois. Vaut-il mieux pour un enfant naître cloné ou ne pas naître du tout, bientôt il n'y aura plus du tout ce genre de choses dans les livres de moi. J'espère. Même les lettres, ça non plus j'espère. Juste ma nullité, et pas grand-chose d'autre. C'est un peu utopique. « Ce n'était pas une passion, ce n'était pas un amour, c'était une rencontre dont on a épuisé les charmes. Une petite passion, un petit amour, une petite rencontre, besoin de séduire, tu l'as fait, c'est fait. Je n'existe plus pour toi. On rêvait, tu parlais du PACS, tu te rappelles, tu disais "tu hériteras de tout ce que j'ai, ma tante me dira 'tu déshérites tes filleuls'". À Turin j'ai rencontré quelqu'un. J'ai fait l'amour avec lui. Je ne pense pas qu'on se reverra mais ça m'a sortie de toi. Ouf! » Au moment où j'ai écrit la lettre, je n'étais pas encore allée à Turin, je partais le lendemain. Après l'avoir écrite, j'ai noté sur mon carnet : Rien. Ne rien lui écrire. Ne pas lui téléphoner. Ne pas laisser de message. Tenir. Elle m'avait envoyé dans les débuts deux phrases de Char. La première : L'air que je sais toujours prêt à manquer à la plupart des êtres (elle était pneumologue), s'il te traverse, a une profusion et des loisirs étincelants. Je vis merveilleusement avec toi. Voilà la chance unique. La deuxième : Impose ta chance, serre ton bonheur et va vers ton risque. À te regarder, ils s'habitueront. Le temps est loin. L'Escale, c'est loin. New York c'est loin. C'est loin quand on se relevait la nuit pour danser ensemble. Rien. Ne rien lui écrire. Ne pas lui téléphoner. Ne pas laisser de message. Tenir. Les moments de bonheur avec elle sont des moments de malheur. Elle m'a dit « le jour où tu ne m'aimeras plus du tout, dis-le-moi, ce n'est pas la peine ». Je lui ai promis de

lui dire, ça ne tarderait pas sous-entendu. Tellement j'en ai marre. « Le repas est prêt » disait sa
mère, « attends, j'arrive, je me prépare », répondait son père diabétique, qui se piquait. « Ton
père, ta mère, ta cousine, ce n'est pas intéressant, ma pauvre chérie tout ça. » Avec Claude,
les moments de malheur étaient des moments
de bonheur. La dernière fois chez elle. Je pensais à Léonore. Je ne pouvais pas m'en détacher.
J'avais promis à Léonore de l'emmener voir
Zorro, Marie-Christine, ça l'intéressait aussi.
Marie-Christine Léonore Marie-Christine
Léonore Marie-Christine Léonore. Et je ne
décolle pas. Alors que le but de la vie, c'est
simple. J'ai rencontré Claude un jour de manif. Il
habitait à Reims, moi aussi, on se connaissait
déjà, par nos parents qui travaillaient ensemble.
Je l'ai pris par l'épaule, je lui ai dit que c'était
moi. Il s'est retourné, on est tombés amoureux.
L'amour. Je disais hier « je n'en suis plus amoureuse » à quelqu'un. On se donnait rendez-vous
au cinéma. Il arrivait en retard à cause de son travail. Je réservais deux places, je lui faisais signe
quand j'entendais du bruit dans le noir. On allait
manger une crêpe après dans un café, tout le
reste était fermé. Il portait un anorak bleu. Il
me ramenait. Parfois il montait. Il ne savait pas
comment faire. Un jour au moment de partir, il

s'est approché de moi et m'a dit « je t'aime ». Je lui ai dit « faut pas dire ça ». Il est resté. Il a dormi là, il n'a pas réussi à bander, puis au contraire. Et puis il n'est plus parti. Il a apporté petit à petit toutes ses affaires. Un an après on a déménagé ensemble dans un appartement plus grand. Qui appartenait à ses parents, première erreur. Peut-être pas la première. Quand j'ouvrais les volets, sa mère me voyait. C'était la même copropriété, ils habitaient en face. La brouille a commencé (la brouille avec eux). J'ai commencé ma psychanalyse, j'ai commencé à écrire, on s'était mariés. Ma mère nous faisait des petits repas pour nous réconforter. On était jeunes, on avait dans les vingt-cinq ans. J'ai terminé ma psychanalyse, je suis partie à Bruges pour un an d'études, on était séparés. On comptait divorcer. Dommage. J'ai quitté Bruges, j'écrivais, je voulais descendre à Nice. On serait séparés, mais je voulais être tout près. On serait séparés mais je l'aimais. Il y a eu avec mon père. Ça s'est réglé, on a commencé d'être heureux. D'être vraiment heureux. Tout le monde nous appelait les amoureux. Il me disait « combien de temps tu crois on va encore nous appeler les amoureux ? » Jusqu'à quel âge ? Rue Bosio, rue Blacas, les amoureux. Plus à Montpellier. Je ne me rappelle pas qu'on nous ait appelés les amoureux. On s'est installés à Montpellier. D'abord aux Citadines, puis on a trouvé un appartement permanent. Où je suis en ce moment. On a passé six mois en Italie, de paradis, de pur éden. Léonore de un an à dix-huit mois. On est rentrés début janvier 94. Quelque chose n'allait plus, je ne m'en rendais pas compte. Le temps a passé. Léonore a grandi. La garderie, la crèche, l'école maternelle. Elle entre en CP l'année prochaine, les parents séparés. Claude est parti il y a un an. En avril. J'ai rencontré Marie-Christine en septembre. Léonore Marie-Christine Marie-Christine Léonore. Je cherche de l'aide pour Léonore, je suis allée voir hier une psychologue. Qui m'a traitée comme si je l'avais battue pendant un an, je venais à peine de prendre conscience des bleus, il fallait arrêter. « C'est votre fille, elle vous aime »... sous-entendu « quoi que vous fassiez. Disiez. » Nous qui avons vécu l'inceste, le sida, etc., de cas sociaux, voilà comment on se fait traiter ! Ou alors on nous soutient, voilà comment on nous traite. J'ai téléphoné à Marie-Christine, pour qu'elle vienne me voir. Elle n'avait pas envie de ressortir sa voiture si tard. J'ai téléphoné à Claude, qui est venu dormir, j'ai pris beaucoup de comprimés, je suis groggy. J'ai demandé à Claude ce qu'il pensait du titre *No man's land*.

À son avis, il faut être angliciste. Dans l'après-midi, une amie m'a dit, de Marie-Christine, « elle a l'air un peu sinistre. – Non, elle est très gaie, très drôle, très marrante, au contraire ». J'ai été homosexuelle pendant trois mois, et un peu plus, quinze jours, on avait repris plus ou moins. Mais là j'arrête. Je prends ma retraite. Un jour je serai grand-mère, ce sera super.

Ce livre, Marie-Christine ne le lira pas, comme Claude, elle ne veut pas. « Ça tue des choses », paraît-il. Claude n'a pas lu *Sujet Angot* non plus. Autour de moi personne ne lit plus. En fait, je suis une Indienne, de la classe des intouchables. Je touche les ordures, et normalement les morts. Les intouchables en Inde touchent les morts. Moi seulement les ordures. Personne ne veut toucher avec moi. Mon manuscrit je suis seule avec pendant des mois, des mois, des mois et des mois. Même après quand c'est publié, ceux qui m'aiment ne veulent pas le lire, « ça tue des choses », paraît-il. À la suite de l'article « Christine Angot parle juste » (*Le Monde*, 24 septembre 98), le ministère de la Culture m'a proposé les Arts et Lettres, la décoration. Les arts et lettres, les lettres se lézardent, j'essayais que les lettres se tiennent droit, et j'avais des vertiges toute la journée quand j'écrivais ce *No man's land*. Alors oui bien sûr, je sais ce que vous pensez : vous dites qu'écrire c'est toucher les ordures, que vous êtes une intouchable, une Indienne, mais quand même il y a une superbe, quand même c'est une parure. Écrivain c'est quand même une parure. J'entourais de mes bras le cou de ma mère quand j'étais petite, elle me disait « c'est mon plus beau collier ». Tu parles, un collier d'ordure. Il y avait cette expression quand j'étais petite aussi, quand on avait un bracelet doré « c'est de l'or ? » Si c'était du plaqué, on répondait « non, c'est de l'ordure », je ne sais pas si vous connaissez. Ce qui prouve bien ce que mon père a fait de moi et ma mère, de notre relation, qui était belle avant qu'on se connaisse. Pas du tout ordurière, au contraire. Quand Léonore est née tout ça je le pressentais. Que deux femmes c'était l'ordure qui se profilait. Je l'ai donc appelée Léonore, pour être sûre. Mon or, mon amour, mon or. Lé-o-nore. Nonor, mon amour en or. Pour être sûre. Pour être sûre ; sûre, sûre, sûre. Pour que ce ne soit pas un bracelet en plaqué où il suffirait de grattouiller, de la pointe de l'ongle, ça s'enfoncerait comme dans du beurre avec un doigt, ça ne serait pas du tout de l'or. « Non, c'est de l'ordure », on serait obligées de répondre.

Enfoncez vos doigts comme dans une motte de beurre. « Pénètre le clavier comme une motte de beurre », disait son prof à Duchâble, à l'adolescence cette image le révulsait. Léonore et moi ce serait de l'or pur. Dans sa poussette j'irais la promener à Montpellier au jardin du Peyrou. Mme Gasiglia, la pédiatre, avec un *e* ou sans le *e*. Qu'est-ce que vous en pensez ? Avec un *e*, parce que c'est une fille. Pour Noël de cette année, Marie-Christine va au Pérou chez des amis qui ont une mine, mais de cuivre. Pour Noël dernier elle m'avait acheté les trois anneaux Cartier. Un jour de dispute, je les ai jetés par terre et j'avais même failli les jeter dans le Lez, une rivière. Pour Noël, je ne sais pas encore ce que je vais faire. Elle, elle ira à Lima, puis la cordillère des Andes, avec des quatre-quatre, et des chevaux, et des chauffeurs et des amis. Elle traversera les mines de cuivre et des cols à cinq mille mètres. Il y aura des virages sans arrêt. Parmi les amis, il y aura Nadine Casta, NC, ou Gisela Orjeda, GO, comme j'aurais voulu être au lieu d'être obligée trop jeune de me mettre à la retraite. Mais je serai grand-mère, un jour, ce sera super. Et la petite-fille, si c'est une fille, Léonore pourra l'appeler comme elle voudra, tout ce qu'elle touche c'est de l'or. Je serai peut-être à l'époque commandeur des Arts et Lettres.

Noël

Après l'homosexualité, ç'a été la folie, c'est Noël qui m'a rendue folle, on avait repris. Son projet du Pérou avait été annulé. On devait partir à Rome, Noël elle le passait comme toujours en famille avec sa cousine. On devait partir après. Je ne peux pas dire : J'ai été folle pendant trois mois. Trois mois, j'ai cru que j'y étais condamnée. Ça fait beaucoup plus longtemps. Ou alors ce sont les autres qui sont fous. Et ça c'est fou à dire. Je ne sais plus ce qu'il faut faire, je ne sais plus ce qu'il faut dire. Je vais raconter cette anecdote, je ne suis pas Nietzsche, je ne suis pas Nijinski, je ne suis pas Artaud, je ne suis pas Genet, je suis Christine Angot, j'ai les moyens que j'ai, je fais avec. Il y aura une anecdote, tant pis, la description d'un déclic, ce sera Noël, ce sera descriptif. Ma folie sera décrite à travers un déclic. J'en étais à peine consciente, jusqu'à la page précédente. C'était pire.
Les signes, les symptômes, d'abord. L'aliénation, qui vous possède, ce n'est plus moi. Les causes, qui crèvent les yeux, immédiatement

repérables. Nous sommes le 28, novembre, 98. Il ne faut pas que je mélange, cette fois. Le genre de rapport que j'ai fait jusque-là entre tout, tout et n'importe quoi, je veux arrêter. Le clonage, le Viagra, Baya, Yassou, Muzil, ce pauvre Guibert mort, je laisse ça. Je fais avec mes petits trucs à moi, mes petites choses, Noël, Nadine Casta, Marie-Christine Adrey. Sans englober dans du plus large et universel. Faut se calmer, essayer d'être ce qu'on est c'est-à-dire pas grand-chose. Mettre tout ça à peu près en ordre, déjà, déjà ce serait pas mal. Tout sera dans le bon ordre à partir de là, et dans le bonheur peut-être un jour. Et puis je vais essayer d'être polie.

Précise, logique et claire pour une fois. Ça ira mieux peut-être après. Je suis atteinte de paranoïa, je crois, de délire aussi, je crois. J'ai commandé des livres pour les définitions, et on m'en a prêté. Je ne suis pas en train de devenir folle, je suis devenue folle, je le suis, folle.

Signes, symptômes, causes immédiatement repérables, déclic, causes profondes, manifestations concrètes, et jeux de mots, folle c'est-à-dire un homme homosexuel, une folle, qui se décroche le poignet (je le fais souvent, j'y reviendrai). Je veux un minimum de classement, peut-être même des notes en bas de page, un appareil critique, avec tous les livres que j'ai déjà à ma disposition.

Il y a des témoignages, beaucoup de gens me le disent, ce n'est pas un truc que j'invente. Il y a des témoins, des gens qui m'ont vue. Ce matin au réveil, moi-même je suis témoin, nous sommes samedi, demain dimanche, après demain, lundi, je demande à Moufid Zériahen, médecin, psychanalyste, s'il peut me trouver une place dans sa clinique quelque temps. Je me suis réveillée ce matin (très tôt de toute façon j'ai à peine dormi, dans les signes il y a bien sûr insomnie), je me le suis dit clairement. Je ne sais pas combien de temps, je sais qu'il le faut. Mes réactions ne vont pas. La clinique s'appelle L'Alironde, c'est un peu à l'extérieur de Montpellier. (Une amie a son fils là-bas, maniaco-dépressif. Il vient de faire une demande de Cotorep, pour recevoir une pension d'invalidité, on ne peut pas travailler, effectivement.) On peut demander l'internement pour soi-même, Walser l'avait fait d'ailleurs, ce n'est pas pour ça que je vais le faire, mais parce que je sens que je n'en peux plus. J'atteins la limite, avec la structure mentale que j'ai, *incestueuse*, je mélange tout, ça a des avantages, les connexions, que les autres ne font pas, mais trop c'est trop comme on dit, c'est la limite. Je mélange tout, je vais trop loin, je détruis tout. J'ai téléphoné à Claude ce matin, pour lui dire que j'aimerais aller passer quelque temps en clinique et pourquoi, il m'a dit « ce qu'il y a, de bien, c'est que tu es lucide ». Oui, je suis lucide, oui, je vais tout vous expliquer, tout, tout, tout.

Claude m'a dit autre chose, quand j'ai rappelé pour lui lire ces deux pages : « en plus c'est coquin et impertinent ». Non, pas du tout. Ce n'est pas du tout coquin et impertinent. Ce n'est pas du tout un jeu. Je ne me fous pas du tout de votre gueule. Je me suis vraiment réveillée ce matin en pensant à L'Alironde, je suis paranoïaque et je délire. Je suis en danger. Ce n'est pas coquin et impertinent. Je peux être sérieuse. Je peux expliquer. Essayer, je ne sais pas si je vais y arriver, c'est compliqué, surtout pour moi, comme je suis folle, je vais avoir du mal justement. Mélanger, c'est ma tendance, dans la première partie vous avez vu. Aucun ordre, tout est mélangé, incestueux d'accord c'est ma structure mentale, j'atteins la limite, je ne plaisante pas, je le sens. À deux heures du matin, hurler au téléphone, insulter quelqu'un que vous ne connaissez pas, à peine, qui ne vous a rien fait, pas grand-chose mais qui parle comme il y a longtemps d'autres, je l'ai traînée dans la boue, j'ai dit que c'était pire qu'un tas de

merde alors que je ne la connais même pas, et je
m'en fiche. Je me joue une comédie. Stop.
Jusque-là, je l'ai montrée ma folie, je l'ai exposé,
mon univers mental débile. Il y a trois ans,
Laclave l'avait dit « son univers mental, mor-
bide et carcéral ». J'ai touché depuis mercredi,
ça a culminé hier soir, la limite. Ça n'a été
depuis qu'un hurlement permanent, je me don-
nais des gifles, je me battais moi-même, j'étais
rouge, j'étais toute seule chez moi, s'il y avait eu
Marie-Christine j'aurais pu la tuer, si ç'avait été
Nadine Casta je l'aurais fait. Je me couchais par
terre la nuit. La série des coups de fil, décrite en
première partie, a repris, sans même me rendre
compte, sur le coup, que c'est l'œuvre d'un
esprit dérangé. Oh! je sais bien pourquoi.
   J'associe ce qu'on n'associe pas, je recoupe ce
qui ne se recoupe pas. Chien-enfant, inceste-
homosexualité ou sida, cousine-couple, blonde-
conne, fric-haine, vedette-chienne, Léonore-or,
charnier-mine d'or, holocauste-ghetto, ouvrier-
noir, etc., etc., et en plus, je mets en évidence
des contraires, tout le temps, par exemple : Eustache c'est mieux que Nadine Casta, Dominique Quentin c'est mieux aussi, que NC, je
focalise. Frédéric a raison, elle est la cousine de
Nadine, elle aurait pu être la cousine de Le Pen.

105

Il a raison mais ça me bloque. Il faudrait débloquer, débloquer tout ça.

J'ai d'habitude une ponctuation un peu particulière. Je ponctue mes phrases d'une façon inhabituelle, je vais tenter d'arrêter. Ma ponctuation aura seulement pour but la clarté, que les gens s'y retrouvent. La clarté du propos. Que mes propos soient clairs, compris. Un peu fastidieux peut-être, mais en ordre cette fois. Je n'écrirai plus, un exemple, « j'ai léché moi cette femme dont l'enfant est une chienne », je n'écrirai plus ça, qu'est-ce que ça apporte ? À part de se retrouver seule. On est séparées définitivement maintenant, vraiment définitivement. Je n'écrirai plus, Nadine Casta, NC, haine c'est, c'est la haine. Ça non plus.

Comment, à partir d'un simple déclic, Noël, je suis devenue folle. Une folie momentanée de trois jours. Avant j'aurais écrit : une folie momentanée, trois jours. Ma ponctuation, il faut que je m'en défasse, que j'en prenne une plus courante, plus naturelle, que les gens aient moins d'efforts à faire, c'est ridicule, c'était ridicule. Surtout que virgule étymologiquement ça veut dire petite verge. Je viens de l'apprendre, j'ai déjeuné avec Laurent Goumarre et deux de ses amis, psychanalystes. Je m'égare, j'en étais au déclic. À la folie momentanée de trois jours.

De crise. Ce qui ne veut pas dire que je ne sois pas devenue folle profondément et totalement, complètement, non je suis folle vraiment. Le déclic. Quel est le déclic, intervenu soyons précis, mercredi, mercredi midi, qui m'a conduite ce matin, après une nuit où j'ai tremblé, tremblé vraiment tremblé, de tout mon corps, bien qu'ayant pris ma dose de comprimés, à décider de demander à Moufid Zériahen de m'accueillir à L'Alironde quelque temps.

Le déclic

25 novembre, un mois, jour pour jour, avant Noël. Depuis des années Marie-Christine passe Noël à Paris chez Nadine Casta, sa cousine actrice. Entourées de leur famille. C'est « un rite » et il est « immémorial », c'est « la famille » et de plus c'est « un jour dans l'année ».

Retour en arrière : 15 novembre, nous nous retrouvons chez Frédéric. Nous sommes heureuses de nous voir, c'est évident. Une soirée très agréable sauf deux fausses notes, ce n'était pas grave, la vie en est bourrée. La conversation vient sur *Chambord*, de Nadine Casta, avec Decourt, Dupont, Durand. Bref, peu importe. Je ne suis pas obligée d'aimer les films de sa cousine. Comme dit Frédéric, elle aurait pu être la cousine de Le Pen. Le Pen au moins n'est pas un artiste. Je délire, je retire, je laisse pour qu'on voie où j'en suis. Deuxième fausse note, au cours du dîner, Noël vient sur le tapis. Deuxième coup dur. Ça restait une très bonne soirée, l'envie de se retrouver seules était pressée. On appelle un taxi, dans ce taxi, à peine installées, on commence. On se retrouve à l'hôtel loin de faire l'amour, on se hait, on se couche, je pleure. Je pleure, je pleure, je ne peux plus respirer, je suis très très mal, l'angoisse monte de plus en plus. C'est terrible. C'est à cause de Noël. Je me joue la comédie, d'accord, peut-être, sans doute. Je lui demande de retourner dormir chez sa cousine, ça a été un tort de se retrouver, on était mieux séparées. Il est trop tard mais elle va prendre une autre chambre, elle téléphone à la réception, je la retiens au dernier moment, elle le faisait. Elle se recouche. Mon angoisse monte de plus en plus. Je sors du lit, je m'agenouille, je cherche ma respiration, elle est bloquée, je halète (la comédie, ça n'empêche pas, on souffre), je l'insulte, avec sa cousine, comme toute bonne homosexuelle elle est le larbin de la famille, toujours disponible, au service de la femme-femme. Elle ne s'est absolument pas préoccupée de moi pour Noël, elle prétend pourtant qu'elle m'aime. En réponse, j'ai droit à tout, en bref : pauvre fille, tu dis n'importe quoi, tu mélanges tout. C'est pauvre fille l'insulte-déclic : j'ai hurlé, tout l'hôtel a entendu, je pense. Je l'ai violemment tapée, sur la tête, et longtemps. Elle m'a tapée à mon tour sur le coin de ma tête, ma tempe, l'ongle sur ma paupière, un autre ongle sur l'oreille. J'ai eu un hématome, je l'ai encore, j'ai la trace à l'œil.

Retour à Montpellier, je lui téléphone, l'angoisse monte, plusieurs coups de fil et plusieurs raccrochages, je lui dis que ça aurait été bien si on avait préparé, elle et moi, un beau Noël pour Léonore, sa mère, la mienne, André, et bien sûr Frédéric. Le 24, Claude aurait pris Léonore le 25, on aurait continué tranquillement, on aurait passé une journée calme, on serait allées au cinéma, ou on aurait fait la sieste. Ce n'est pas possible, les termes famille, filleuls, obligation par rapport à des gens qui ont toujours été là, ce n'est pas parce que tout d'un coup, moi, je suis là, que ça va changer, que ça va changer quoi que ce soit. Tout est normal, tout est vu comme tout à fait normal. C'est moi qui délire. Je n'ai qu'à regarder autour de moi. Elle me parlait du PACS quelques jours, semaines, plus tôt, je le rappelle. Il faut le garder en mémoire, ce décalage. Je pleure, je vais me coucher, je ne veux plus la voir, je me dis que je ne veux plus la voir, je débranche le téléphone. Le lendemain il y a un message, « réponds-moi,

s'il te plaît, réponds-moi » avec une voix gentille, « il est onze heures vingt, réponds-moi ».
Elle me rappelle, elle a très envie de passer Noël
avec moi, elle va faire le maximum, tout son
possible pour que ça passe. Elle espère que ça ne
créera pas de drame, si ça entraîne des conflits,
elle ira tout de même à Paris. Voilà ce qu'elle
me dit. Je suis heureuse, j'achète *Marie-Claire*,
spécial réveillon. J'en parle à ma mère, j'en parle
à Frédéric, je n'en parle pas encore à Léonore
« on ne sait jamais, soyons prudent ». Mais j'y
crois, Marie-Christine est heureuse, notre premier Noël ensemble. C'est très important. Elle
téléphone à sa tante, « je ne peux pas transpor-
ter maman à Paris ». La tante comprend. Marie-
Christine, toute contente, a été maligne, elle lui
a dit « marraine, je voudrais te demander un
conseil », pas fâchée de son entrée en matière, ça
avait marché, elle se trouvait habile, la preuve.
Le gros morceau, Nadine, était encore à Aca-
pulco, elle l'a appelée mercredi, le coup de fil
s'est mal passé, Nadine a pleuré, il y aura vingt-
cinq personnes peut-être, mais il lui faut Marie-
Christine pour donner à cette fête un peu de
légèreté. Tous ils ont besoin d'elle, ce n'est pas
possible, il faut qu'elle vienne. Vingt-cinq personnes dont elle. Ce n'est pas possible, il faut
que tu viennes. Elle pleure. Elle retourne celle

que j'étais prête à prendre comme amour comme une crêpe. Qui me téléphone, m'annonce la nouvelle mercredi vers midi. Ma respiration se barre, je lui dis que j'arrête avec elle, je ne peux pas, c'est trop, trop c'est trop. Elle aurait pu attendre au moins que j'aie fait ma lecture au CRL demain. Comment je vais faire ?

Le jour de la lecture au CRL

26 novembre, la lecture est prévue et elle doit être bonne. Le 27 sera aussi noir, la nuit du 27 au 28, terrible.

Mais le 26 : à dix-huit heures trente, j'ai une lecture, elle doit être bonne. C'est une journée riche en symptômes.

La respiration : Haletante. Je ne la retrouve pas. Bruyante. Un halètement désespéré. L'angoisse est profonde. Ça vient de loin, on le sent.

L'insomnie : Je prends des médicaments, je ne dors pas. Même s'il fait chaud, sous la couette j'ai froid, je tremble, j'ai les doigts bleus, mes genoux cognent l'un contre l'autre. Mes lèvres sont sèches, violettes.

Mon visage : Marqué par la fatigue à cause de l'insomnie, hébété, les yeux perdus, quelqu'un dans une forêt, qui ne voit pas ses pieds sous les feuilles mortes à l'automne. Les yeux perdus et affolés, à quoi s'accrocher ?

Tout le corps me fait mal, les articulations, le dos, les lèvres et les tempes. Mais surtout, le pire de tout, les cinq minutes à venir j'ai l'impression qu'elles vont être terribles.

Je ne sais pas ce que c'est. Une névrose, une psychose, j'ai les définitions, je verrai. Il faut que j'aille à L'Alironde, peut-être pas longtemps. Je ne peux plus. D'ailleurs je ne cesse de le répéter. Je dis « je ne peux plus » ou alors « je n'en peux plus ». Même si je suis seule, je me le dis à moi-même, je n'en peux plus.

Je me gifle, le 26 je me suis giflée devant la glace. Pas une seule fois, plusieurs fois. S'il y avait quelqu'un je le tuerais. Nadine. Ça aurait pu être n'importe qui. Qui représente la haine. C'est la haine, j'appelle des gens, je téléphone beaucoup, je sollicite (comme des goulées d'alcool ces coups de fil pour en donner un dernier, je ne sais pas), je cherche, je ne trouve pas. Il n'y a personne. Il paraît que j'exagère, que ma réaction est disproportionnée. Moi je ne trouve pas. Les gens trouvent tout normal. Alors que tout est fou sauf moi. Ça s'appelle comment quand on ressent ça ? Pour la série des coups de fil multiples, la liste des plus symptomatiques :

Je cherche dans des boîtes le numéro de téléphone à Strasbourg de mon père, Pierre, et par la même occasion les numéros de ma demi-sœur, mariée à un dentiste, et de mon demi-frère, marié à une Marie-Christine. Je ne trouve rien, aucun. Regarder dans le Minitel, je n'ai pas la force, ni d'appeler les renseignements. Ça demanderait un esprit de suite, une volonté précise, d'atteindre une personne précise, je ne l'ai pas. Je l'aurais composé si j'étais tombée sur le bout de papier où c'était marqué. Je n'avais pas voulu les noter dans mon carnet, leur faire cet honneur, ce qui est peut-être déjà, en soi, un signe de déséquilibre. Je les avais mis dans une boîte. Au cas où. Le cas se présente. (Si je les appelais, si je les appelais vraiment, si je décidais maintenant de les appeler et que je leur proposais qu'on passe Noël ensemble. Pourquoi pas après tout ? Est-ce une si mauvaise idée ?)

J'appelle vers treize heures Nadine Casta, chez elle, à Paris. Sur un coup de folie. J'hésite. J'ouvre mon carnet, je le referme, j'hésite. Finalement je l'ouvre. Un autre signe arrive :

J'avais fait une erreur de recopiage dans mon carnet. Les C je les avais mis aux A. Chatelain, Constant, Casta. AFAA, Attoun, Art-Press, puis tout d'un coup Chatelain, Constant, Casta. Casta, ça finit par un A, ça ne commence pas par un A, Angot, ça commence par un A. Je les

113

avais mis à la même page, Angot n'y était pas. C'était un signe déjà. De la fonte de personnalité, association, mélange, c'est ma structure mentale, entre Élisabeth Angot, EA, et Nadine Casta, NC. EA, enfant abandonné, non pas elle, mais moi, NC, c'est la haine, non pas elle mais moi, j'ai déjà expliqué. Voilà, si ça, ce n'est pas un symptôme! Comme Emmanuel Adely, parmi les écrivains on est des tonnes d'EA.

Je repose le téléphone, je prends un petit papier, je note ce que j'ai l'intention de dire, pour que ça se tienne, bredouillage et elle l'actrice qui domine le langage. Je suis dans un état de pleurs, les joues rouges, les yeux hébétés, les cheveux n'importe comment, je suis en sueur et je tremble à la fois, je le rappelle. J'ai le dos tout raide, tellement raide que ça me fait mal, ce sont mes vertèbres, le dos, toujours le dos, j'ai l'impression, qui tremblent. Le bas de mon dos. Je note sur un petit papier carré : on avait envie Marie-Christine et moi de passer Noël toutes les deux à Montpellier. Dans une relation amoureuse depuis peu, on avait envie de construire quelque chose toutes les deux, autour de nous, pas d'un autre lien, même très ancien. Les choses sont compliquées, je souffre. Sa décision d'aller à Paris me fait souffrir depuis mercredi, après votre coup de fil, tu as insisté pour qu'elle vienne. On va se séparer parce que je ne peux pas le supporter. Il faut que tu le saches, et la souffrance que ça fait naître.

Je reconstitue de mémoire, maintenant j'ai jeté le papier. J'ai appelé, avec mon papier en face de mes yeux hébétés, pour que Nadine comprenne. Je suis tombée sur la femme de ménage (pas deux heures par semaine, la journée entière tous les jours, elle s'occupe de tout, le ménage, le linge, les courses, la bouffe, le soir quand elle rentre, NC se met les pieds sous la table, la bonne est là, et pour le reste, la secrétaire est là, les paperasses professionnelles, les billets de train, d'avion, pour les vacances, de Nadine ou des enfants, ou les réservations d'hôtel à La Mamounia de Marrakech, à La Gazelle d'or de Taroudannt, elle voulait y faire une fête pour ses cinquante ans, ou à New York à l'hôtel Pierre, tout le monde aurait été invité). Fermons la parenthèse, il ne faut plus laisser le lecteur en rade, comme avant. Poli, correct, et se faire comprendre. Frédéric m'a dit que la première partie était difficile à lire à cause des mélanges. L'anniversaire s'est terminé dans la maison de l'île de Ré. Quand on ressort cette anecdote, c'est pour en souligner la fin modeste, après avoir fait le tour de la terre se retrouver dans la maison de l'île de Ré, sur deux étages,

115

qui a quinze pièces. Dans le village d'Ars, avec toujours les mêmes, les Casadesus, les Wiazemsky, Chouraqui, Chesnais, Baye, un peu plus loin, à Loix village plus secret, plus fermé, plus simple, en apparence, en fait beaucoup plus cher. « C'est fou les prix que ça atteint maintenant l'immobilier à l'île de Ré », disent Marie-Christine et Nadine assises dans le jardin de leur grosse maison acquise ensemble. J'appelle. Chatelain, Constant, Casta, à la page A comme par hasard, le petit papier carré, je tombe sur la femme de ménage, « de la part de qui ? » Question horrible. De la part de Christine.

— Allô Nadine. C'est Christine. J'aimerais bien qu'on se parle.

— Oui, moi aussi. Mais là, je pars, j'ai rendez-vous pour déjeuner, le taxi m'attend en bas. Quand est-ce que je peux te rappeler ?

C'était avant la lecture, après je m'en foutais. Tant pis. Va déjeuner, va.

— En fin d'après-midi ? Tu seras là ?

— Non, je ne serai pas là.

— Et dans la soirée ?

— Non, je ne serai pas là.

— Demain après-midi ?

— Demain après-midi, oui.

— Je t'appelle demain après-midi, donc, d'accord.

– Oui, parce qu'il y a des choses qui sont compliquées.

– Pourquoi compliquées ?

– On en parlera.

J'ai regretté d'avoir téléphoné, elle allait me rappeler, je n'avais pas envie. C'était fait. Le mal était fait. Comme on dit. Le 26, en pleurs avant la lecture, je l'aurais peut-être émue.

Ensuite, coup de fil à Moufid Zériahen. Je cherche à le joindre depuis dix heures ce matin. La veille, mercredi, j'y avais pensé mais je m'étais retenue.

Un autre processus était en marche par téléphone aussi, avec Marie-Christine. Projets de rupture, cris, je lui faisais entendre ma respiration haletante, coupée, et mes cris rauques, sur certaines phrases presque des râles, entrecoupés de hurlements. Après certains mots, famille, obligation, devoir, filleuls, cousine, depuis toujours. Une grande crise reprenait. Elle réattisait. Il y avait des raccrochages, après « c'est fini », « au revoir », « eh bien à un de ces jours ». On connaît. Je ponctuais de répliques sèches, j'alternais de râles de mort, je lui faisais entendre ma gorge coincée. Ni par exhibitionnisme, ni pour qu'elle se rende compte, tout simplement je souffrais. Elle prononçait des mots, tenait des logiques, se coulait dans des choses, qui me faisaient vomir d'horreur, en tout cas hurler. Rien que d'y penser, rien que de visualiser. D'imaginer certaines scènes, de voir à quoi ça se rapportait tout ce que ça remuait. Elle titillait ou tisonnait dans mon enfance, et sans même se rendre compte. C'était la dernière, mais la dernière personne sur terre avec qui je pouvais m'entendre. On n'avait rien à se dire, on était des étrangères complètes. Elle était dans un camp, moi dans l'autre. Elle me parlait du PACS huit jours avant. Je rêve. Je n'arrivais à rien, ça m'épuisait. Je m'accuse de tout. J'essayais de la détruire elle avec sa cousine, c'était ça ou moi, je préférais moi, ce n'est pas normal, ça ?

Le matin du 26, du jeudi 26, j'ai travaillé. Alain Françon prépare *Les Autres*, *Sujet Angot* et *No man's land* dans un même spectacle, j'ai proposé de mélanger les trois, n'en faire plus qu'une seule langue, ma bouillie habituelle, mon mélange incestueux classique, que jusque-là, je ne réprimais pas. Tout peut toujours se broyer aurait pu être ma devise.

En fin de matinée, je ne sais plus laquelle appelle l'autre. Elle, je crois. Elle est libre à partir de quatorze heures trente, pour être avant la lecture ensemble, si je le souhaite, ou pour se balader. Après le coup de Noël... je lui demande si elle plaisante. Si ça m'aide, elle ne viendra pas, elle est d'accord. Un raisonnement implacable, la redite des raisons pour Noël, Nadine à soutenir, des gens qui vous ont aidé à un moment on ne les laisse pas tomber tout d'un coup, elle a une famille, une morale fin de siècle, le dix-neuvième, je lui crache à la gueule. Des notions de fidélité et de justice insupportables. Tellement elles sont immémoriales et arbitraires si on est honnête. Tellement immondes.

Quand je ferai la journée du 27, vendredi 27, vous aurez droit au coup de fil de Nadine, parce qu'elle m'a rappelée, vous verrez il est gratiné.

Je résume. Plusieurs dizaines de coups de fil, elle me demande à midi et demi, j'étais en larmes, si je veux qu'elle vienne à deux heures et demie. Je lui dis que ce sera trop tard, que je serai morte. On raccroche et je vais me coucher.

À quatorze heures Denis sonne, on avait rendez-vous, je n'ai pas pu parler. Marie-Christine m'a appelée, raccrocher, rappeler encore. Deux bonnes heures se sont écoulées, jusqu'à ce qu'elle raccroche en me disant « j'arrive » sans me laisser le temps de dire « non », je la sentais excédée. Il était environ seize heures, la lecture était dans deux heures. Je n'étais pas prête. Je n'avais pas préparé, je n'étais pas douchée, je n'aurais jamais la force de me rendre 20 rue de la République, de dire bonjour à Anne et Gil qui m'accueillaient au CRL. Je savais que si, à quel prix ?

J'ai téléphoné à Moufid Zériahen. Il était là.

– C'est Christine Angot. J'ai une lecture à six heures, je ne suis pas du tout en état, je suis très angoissée depuis hier midi.

– Venez tout de suite.

– Je ne peux pas, je n'ai pas le temps. (Marie-Christine allait venir. À moins de lui faire le coup de partir. Après tout !... Comme Noël.)

Malgré tout ce qu'elle m'inflige, je n'ai pas cessé de l'aimer encore, quel masochisme. Paranoïaque c'est sûr, délirante aussi, masochiste, il faut que je vérifie. Ça sonne, c'est elle. Moufid Zériahen a dû entendre la sonnette. Je lui dis :

– Je voudrais que vous me disiez quelque chose qui me calme.

Je pleure.

Je pars dans une autre pièce avec le sans-fil.

– Quelques mots.

– Il faudrait que vous me disiez un peu plus de choses alors.

– Ça tourne autour de Noël et de Nadine. Vous vous rappelez ?

– Oui, oui.

– Vous vous rappelez que Marie-Christine m'avait dit qu'elle allait essayer ?

– Oui, oui.

– Elle a téléphoné à Nadine hier, qui lui a dit que ce n'était pas possible. Et elle y va. Elle va à Paris.

– Et ça vous étonne ?

– Oui.

– Ces relations archaïques vous savez, qu'auriez-vous fait si votre père vous avait téléphoné ou votre sœur, n'auriez-vous pas répondu présente ?

Il tâtonne, il ne trouve pas là, non, ce n'est pas ça. C'est difficile par téléphone.

– Non, j'aurais répondu absente. Elle m'a téléphoné hier, et depuis hier je suis comme ça, je dois faire cette lecture. Je suis très très angoissée, je hurle et je me gifle. Je ne peux pas le supporter.

– À quelle heure se termine votre lecture ?

– Vers vingt heures trente.

– Venez me voir après.

– Mais après ce sera fini.

– Ça peut vous aider pendant de savoir qu'après vous venez.

– Ou alors je viens maintenant.

– Vous me dites que vous ne pouvez pas.

– Je vais voir.

Marie-Christine était arrivée, excédée. Elle avait vu que j'étais au téléphone, elle faisait des signes d'impatience. De colère, « je ne veux même pas y croire », « non mais c'est pas vrai je rêve », « je suis venue, je suis là, et tu es au téléphone. Je suis là, ça me coûte d'être là, et tu es au téléphone, tu es infernale et en plus, quand je suis là, quand je viens malgré tout, malgré tous les coups de fil horribles de l'après-midi, malgré ton caractère insupportable, délirant, paranoïaque, pervers, masochiste et sadique, tu es au téléphone ». Excédée à un point.

Je raccroche, je dis à Marie-Christine :

– Ne t'énerve pas, j'étais avec Moufid, il me propose de venir.

– Ce serait une bonne chose.

Elle propose de m'accompagner en voiture, on reviendra après, on ira directement à la lecture si on est trop justes pour le temps. Je retéléphone à Moufid, je lui dis que j'arrive.

Je suis passée dix minutes entre deux, et je suis allée faire ma lecture. Ça allait un peu mieux. Et ça s'est bien passé.

Nuit

Elle me dit qu'elle va se coucher, qu'elle rentre chez elle. Je ne peux pas rester seule cette nuit, pas la nuit. Après tous ces efforts. Elle me lâche, Noël, et maintenant la nuit. Encore. Dans mes états les pires. Ses arguments : 1, elle n'a pas ses affaires, 2, si elle reste garée où elle est, elle va avoir un PV, comme la dernière fois.

– Bon d'accord, je vais dormir chez Claude, je ne peux pas rester seule.

– Si tu vas dormir chez Claude, c'est fini, tu m'entends bien, fini. Viens dormir chez moi.

– Je ne peux pas, après tout ce que j'ai enduré depuis mercredi, avoir confiance en toi pour m'endormir chez toi. Tu ne le comprends pas ça ?

Les tremblements ont repris. Toujours au même endroit, au niveau des reins. À peine Gil et Anne disparus derrière le coin de la rue. J'ai rejeté mon dos sur le lit, ma tête en arrière, mes yeux sont redevenus hébétés, mes doigts bleus, c'est reparti. Et Nadine qui prépare son Noël avec vingt-cinq personnes. Sa cousine va venir c'est super, comme ç'a toujours été, c'est un rite, c'est immémorial, ça va se faire, de nouveau, dans quelques semaines, depuis toujours.

Il devait être une heure du matin, je n'en pouvais plus, il fallait que j'aille chez elle, encore un effort, que je me déplace chez l'ennemi, ou alors elle me laissait seule. Si j'allais chez Claude elle me quittait. Elle a fini par attraper mon sac, mettre dedans deux trois affaires, me prendre par la main, vite fait bien fait. J'ai remis mon manteau, j'étais comme un gros ours qui ne peut plus marcher, la goutte au nez, qui pleure, dont les traits sont tirés, un gros ours au bout du rouleau. Elle descend, je reste sur le palier, je n'arrive pas à avancer.

– Je suis en bas et toi tu restes en haut, c'est ça ?

À minuit et demi crié d'en bas.

Elle remonte, sans aucune tendresse, excédée. Elle me traîne jusqu'à la rue où elle est garée. Je ne traverse pas, sur le trottoir je reste figée. J'ai envie de crier. Je remonte vers chez moi. Elle roule, elle m'ouvre la porte, elle me dit « dépêche-toi ». Je monte. Je lui dis « ramène-moi ». Un rite immémorial qui se pratique depuis toujours avec des gens qui l'ont aidée qu'elle ne peut pas abandonner. Par fidélité, oui, par devoir, oui. Oui. C'est sa famille, elle a une famille, oui. Nadine est essentielle, Nadine me constitue. Si tu ne la supportes pas, tu ne me supportes pas non plus. Une cousine, des filleuls, oui. Je dors très peu. Je me réveille très tôt, le matin du 27, j'appelle Claude. Je lui dis « je t'en prie, je n'en peux plus, fais-moi rencontrer des gens nouveaux ». Le soir même, il y aura Nicolas et Judith, la fille de mon premier psychanalyste à Reims, elle était à la lecture hier, elle a beaucoup aimé. Elle a entendu parler de moi toute son enfance, j'ai structuré son père en tant qu'analyste, « la jeune femme » en termes exceptionnels. Je suis trop fatiguée.

La journée du 27

Je range la maison. Ce soir, je verrai peut-être Marie-Christine, on ne sait toujours pas. J'ai aussi l'invitation chez Claude avec Judith. J'ai rendez-vous à cinq heures chez Toro, mon kiné-ostéo, il est colombien. Il me fait du bien. Enfin détendue, je rentre vers six heures et demie. Je suis bien. Je vais peut-être même me faire couler un bain. J'appelle Marie-Christine dans ces dispositions d'esprit tranquilles. Je n'ai pas envie de la voir, je préfère me reposer, manger quelques ravioles, regarder le film sur Thomas Bernhard que j'ai enregistré, et me coucher tôt sans rediscuter. On se parle tranquillement, j'ai un signal d'appel, c'est Nadine.

Je résume mon petit papier carré, que j'avais gardé. Comme réponse :

– Nous sommes une famille. C'est une famille d'octogénaires, de fantômes, de cette famille, de fantômes, d'ombres, comme ça, Marie-Christine et moi sommes les seules un peu vivantes.

– ...

– Ce sont des espèces de fantômes. Quand on a des enfants, Noël on veut que ce soit gai, Marie-Christine est la seule qui apporte à cette

125

fête un tout petit peu de légèreté. Si je n'avais pas d'enfant, je m'en ficherais de Noël, je ne ferais rien, j'irais au cinéma, je ferais n'importe quoi. (Le cinéma c'est donc n'importe quoi...)

– J'ai un enfant et je serai seule avec elle.

– Comme tout ce qui rappelle l'enfance, c'est important pour tout le monde Noël, évidemment. (De ce ton rapide qui l'a rendue célèbre, de femme légèrement hautaine qui souffre.)

Immémorial, un rite, des fantômes, une famille d'octogénaires, et que j'étais perverse de dire ma souffrance comme je la disais, qu'elle comprenait très bien, très bien, parfaitement, tout ce que je disais sur la légitimité et l'illégitimité, mais qu'elle n'y est pour rien. Que c'est une position d'ailleurs très masculine de rencontrer quelqu'un et de lui dire « tout ce que tu as fait avant moi, tout ce qui a existé avant mon arrivée n'existe plus, les hommes font ça ». Mais elle va téléphoner à Marie-Christine et la dédouaner. Parce que, de toute façon, ça ne l'intéresse plus. Elle ne veut pas porter la culpabilité de notre rupture. Ça ne vaut vraiment pas le coup. Elle a fait un peu de pression au téléphone l'autre jour, elle va la dédouaner.

Je ne lui ai pas dit : je sais tu as pleuré.

– La dédouaner ? Mais tu n'as pas à la dédouaner.

– Si, si, je vais la dédouaner. Je n'aime pas que les gens fassent les choses par obligation, au téléphone c'est moi qui ai fait pression. Je vais relâcher cette pression, et elle passera Noël avec toi. Parce que moi, de toute façon, dans ces circonstances-là, ça ne me plaît pas.

Recoup de fil à Marie-Christine, cette fois engueulade. Elle m'a dit plus tard qu'elle avait acheté une bouteille de champagne qu'elle l'avait mise au frais, et des filets de poisson car j'adore ça. Elle aurait dû me le dire, au lieu de m'insulter et de me raccrocher le téléphone au nez. Je lui dis « je pars », j'avais décidé d'aller chez Claude.

– Oui c'est ça, va voir Claude et la fille de ton ancien psychanalyste. Va te détendre avec d'autres que moi plus intéressants. Tu es crevée, mais vas-y, sors. Tu verras des gens qui te conviennent cette fois.

– Tu as raison, je vais dîner avec mon mari et la fille de mon ancien psychanalyste.

On se raccroche au nez. Chez Claude, Léonore dort, je lui caresse les cheveux. Judith et Nicolas sont assis, avec un mélange salé au milieu. On passe à table. Ce n'est pas bon ce que Claude a préparé, les gnocchi qu'il a achetés sont durs, heureusement il y a une salade et du pain, le jambon non plus n'est pas bon. La sauce qu'il a préparée, je n'aime pas du tout sa façon d'en parler. La conversation, des anecdotes, et des anecdotes, voilà. Je pars tôt. Un petit bout de fromage, je n'attends pas la boule de glace. Pour être polie je parle de mes insomnies, la raison de mon départ, dix heures en trois nuits. Deux messages de Marie-Christine m'attendent « tu es vraiment dégueulasse, dégueulasse. Tu es partie, ce n'est pas vrai, mais tu es vraiment dégueulasse, dégueulasse ». C'est occupé puis ça sonne, elle était avec Nadine. Pourquoi certaines femmes ne supportent pas leur relation, qu'a-t-elle d'insupportable ? Ça s'est envenimé. À deux heures du matin, je hurlais encore. Alors que j'étais calme, je suis dans mon lit tordue et défigurée par la douleur. Elle finira par débrancher. Après une phrase précise que j'ai dite.

Elle raccroche le téléphone. Nous sommes vendredi dans la nuit. Je rappelle une bonne dizaine de fois, je laisse des messages de supplication. « Je t'en prie, réponds-moi, je t'en prie, je t'en supplie », je suis une poubelle, je suis masochiste, je n'ai aucune dignité, je me traite moi-même comme une merde, je la supplie. Elle répond, elle répète que c'est la dernière phrase, inutile de rappeler, puisque Nadine est insupportable, que je ne suis pas la seule à le dire, ça fait partie d'elle, c'est elle.

– Moi, tu ne me défendrais pas comme ça.

Et jusqu'à la fin, je ne sais plus. J'ai dû m'endormir. Je me suis réveillée vers six heures. Samedi matin, 28, lundi je devais voir Moufid Zériahen, j'allais lui demander si c'était possible de m'accueillir à L'Alironde quelque temps. J'ai écrit, ça a été un peu mieux. Il y a des ateliers d'écriture dans les hôpitaux et cliniques psychiatriques, mais il ne faut pas tout mélanger.

Il y aurait d'autres signes, d'autres symptômes et d'autres manifestations physiques, je m'en suis tenue aux plus récents, d'après le déclic. Si je remontais dans le temps, je pourrais en avoir des pages et des pages. Des sensations d'étouffement, des vomissements, des nausées, des colites, des insomnies, des crises, des envies de suicide, des spectaculaires, un soir en Espagne, à Rosas je me revois allongée sur le trottoir, j'avais dix-huit ans, j'étais avec Pierre en vacances, une soirée d'été, j'étais allongée sur le trottoir, tellement j'avais mal au ventre, alors que les gens passaient, c'étaient les vacances. Des vertiges, des crises de nerfs, j'en revois une place d'Erlon à Reims, à l'angle de la rue Buirette, tout près du magasin Espace, j'avais jeté mes lunettes par terre, je les avais cassées (aussi quand Chirac a été élu), place d'Erlon, je me rappelle le motif : je ne savais pas quoi acheter pour dîner, des gifles à soi-même, en public mais surtout seule, et le langage, une façon de parler en associant constamment des choses séparées. François m'a dit « il faudrait que tu te mettes légèrement de côté ». Une façon d'agresser sans le vouloir par mon langage, une respiration bloquée, à la fin on est seul. Les gens qui vous aident, on les méprise, les gens qui ne vous aident pas, on les méprise. Quand je me suis mariée j'ai passé huit jours intégral d'insomnie, et puis beaucoup, beaucoup, beaucoup de violence, un langage pervers, ce chapitre aurait pu être long et détaillé, j'ai un peu oublié, et il faut que ce soit précis, clair, net, et ordonné. Je ne veux pas faire un truc plus ou moins impressionniste, comme on dit : flou artistique.

Définitions

Elles sont tirées du *Dictionnaire de la psychanalyse* d'Élisabeth Roudinesco et Michel Plon chez Fayard. Nous sommes mercredi 2 décembre. Je reviendrai sur le dimanche 29, le lundi 30 et le mardi 1er. Certaines définitions m'ont affectée. J'ai porté un premier diagnostic, empirique, je ne suis pas médecin. J'ai pris des mots, j'ai compris de quel genre est ma folie, de quel type. Je le cerne, et ce n'est pas gai : c'est terrible. Comme on dit, c'était la règle du jeu. C'est la règle du jeu comme on dit, je suis un peu folle comme on dit, j'ai les pieds sur terre comme on dit. C'est une forme d'excuse « comme on dit », de regret, et d'innocence. Pour faciliter la lecture j'ai souligné certains mots. Du même coup c'est plus fort. Finalement ça se construit. Ma devise aurait pu être « tout peut toujours se broyer » avant. Je n'en pouvais plus, comme on dit : la coupe était pleine.

Inceste

On appelle inceste une relation sexuelle sans contrainte ni viol entre consanguins, au degré prohibé par la loi propre à chaque société. Dans la quasi-totalité des sociétés connues, à l'exception de quelques cas parmi lesquels les pharaons d'Égypte ou l'ancienne noblesse hawaïenne, l'inceste a toujours été sévèrement châtié puis prohibé. C'est pourquoi il est si souvent occulté et ressenti comme une tragédie par ceux qui s'y livrent. La prohibition est le versant négatif d'une règle positive : l'obligation de l'exogamie. L'acte est réprouvé par l'opinion et toujours vécu comme une tragédie issue de la déraison ou conduisant à la folie ou au suicide.

131

Folie

Qu'elle s'appelle fureur, manie, délire, rage, frénésie, aliénation, la folie a toujours été considérée comme *l'autre* de la raison. Extravagance, perte du sens, dérangement de la pensée, divagation de l'esprit, emprise de la passion : telles sont les figures de ce mal qui frappe les hommes depuis la nuit des temps.

Paranoïa

Cette forme de folie, que Freud comparait volontiers à un système philosophique en raison de son mode d'expression logique et de son intellectualité proche du raisonnement « normal », peut être définie comme le développement insidieux, sous la dépendance de causes internes et selon une évolution continue, d'un système délirant, durable et impossible à ébranler, qui s'instaure avec une conservation complète de la clarté et de l'ordre dans la pensée, le vouloir et l'action. La paranoïa repose sur deux mécanismes fondamentaux : le délire de référence et les illusions de la mémoire, tous deux producteurs de différents thèmes de persécution, de jalousie, de grandeur. Le paranoïaque est un malade chronique qui se prend pour un prophète, un empereur, un grand homme, un inventeur. C'est un mode pathologique de défense, les gens deviennent paranoïaques parce qu'ils ne peuvent tolérer certaines choses, à condition naturellement que leur psychisme y soit prédisposé. Les paranoïaques aiment leur délire comme ils s'aiment eux-mêmes, voilà tout leur secret. La paranoïa est définie comme une défense contre l'homosexualité.

Narcissisme

Françoise Dolto situe les racines du narcissisme dans le moment de l'expérience privilégiée constituée par des paroles maternelles plus centrées sur la satisfaction de désirs que sur la réponse à des besoins.

(Comme quand votre mère vous dit que vous êtes la personne qu'elle aime le plus au monde, que vous êtes la plus belle chose qu'elle a faite dans sa vie, que la vie vaut la peine d'être vécue, ne serait-ce que pour ça, vous avoir, vous avoir eue, que bien sûr l'accouchement ce n'est pas une partie de plaisir mais qu'il n'y a rien de plus beau dans la vie, rien, qu'elle vous trouve tellement intelligente, et qu'elle aurait tellement aimé avoir des talents comme vous, que bien sûr elle évite de vous le dire trop mais qu'elle trouve bien sûr que vous êtes la plus jolie, de toutes les petites filles qu'elle connaît, que ce n'est pas parce qu'elle évite de vous le dire trop qu'elle ne le pense pas, qu'elle vous aimera toujours, que ça, ça ne s'arrêtera jamais. Jamais, jamais, jamais, tu m'entends bien ?)

Homosexualité

Ce qui intéressa Freud d'emblée, ce ne fut pas de valoriser, d'inférioriser ou de juger l'homosexualité mais de comprendre ses causes, sa genèse, sa structure, du point de vue de sa nouvelle doctrine de l'inconscient. D'où l'intérêt porté à l'homosexualité latente dans la névrose, et plus encore dans la paranoïa. Freud conserva le terme perversion pour désigner des comportements sexuels déviants par rapport à une norme structurale (et non plus sociale) et il y rangea l'homosexualité. Il lui retira tout caractère péjoratif, différentialiste, inégalitariste ou au contraire valorisant. En un mot, il fit entrer l'homosexualité dans un universel de la sexualité humaine et il l'humanisa en la concevant comme un choix psychique inconscient.

En 1920 il donna une définition canonique : l'homosexualité, comme conséquence de la bisexualité humaine, existe à l'état latent chez tous les hétérosexuels. Quand elle devient un choix d'objet exclusif, elle a pour origine chez la fille une fixation infantile à la mère et une déception à l'égard du père. Et il précisait « ... transformer un homosexuel pleinement développé en un hétérosexuel est une entreprise qui n'a guère plus de chance d'aboutir que l'opération inverse... ». Dans une lettre du 9 avril 1935 adressée à une femme américaine dont le fils était homosexuel et qui s'en plaignait, il écrivit : « L'homosexualité n'est évidemment pas un avantage, mais il n'y a là rien dont on doive avoir honte, ce n'est ni un vice, ni un avilissement et on ne saurait la qualifier de maladie ; nous la considérons comme une variation de la fonction sexuelle, provoquée par un arrêt du développement sexuel. Plusieurs individus hautement respectables, des temps anciens et modernes, ont été homosexuels et parmi eux on trouve quelques-uns des plus grands hommes. C'est une grande injustice de persécuter l'homosexualité comme un crime, et c'est aussi une cruauté. »

Le courant kleinien, pourtant libéral, envisageait l'homosexualité dans sa version féminine comme une identification à un pénis sadique.

Passionné de littérature, Freud souligna bien souvent que les grands créateurs étaient homosexuels.

Sujet

Terme courant en psychologie, en philosophie et en logique. Il est employé pour désigner un individu en tant qu'il est à la fois observateur des autres et observé par les autres.

Suicide

Le suicide est l'acte de se tuer pour ne pas tuer l'autre. Il n'est la conséquence ni d'une névrose ni d'une psychose, mais d'une mélancolie ou d'un trouble narcissique grave.

Perversion

Terme dérivé du latin *pervertere* (retourner), employé en psychiatrie et par les fondateurs de la sexologie pour désigner, tantôt de façon péjorative, tantôt en les valorisant, des pratiques sexuelles considérées comme des déviations par rapport à une norme sociale et sexuelle. À partir du milieu du XIXe siècle, le savoir psychiatrique range parmi les perversions des pratiques sexuelles aussi diverses que l'inceste, l'homosexualité, la zoophilie, la pédophilie, la pédérastie, le fétichisme, le sadomasochisme, le transvestisme, le narcissisme, l'autoérotisme, la coprophilie, la nécrophilie, l'exhibitionnisme, le voyeurisme, les mutilations sexuelles.

Sadomasochisme

Perversion sexuelle fondée sur un mode de satisfaction lié à la souffrance infligée à autrui et à celle provenant d'un sujet humilié, et sur la réciprocité entre une souffrance passivement vécue et une souffrance activement infligée.

Deux processus : le retournement de l'agressivité contre le sujet lui-même et le renverse-ment du fonctionnement actif en un fonction-nement passif. Cette opération ne peut s'accomplir que par le biais d'une identification à l'autre dans le registre du fantasme. Dans le sadisme, on inflige des douleurs à l'autre et l'on en jouit soi-même de façon masochiste dans l'identification avec l'objet souffrant.

Le masochisme moral s'exerce par le langage, fondé sur le sentiment de culpabilité, il est le plus important et le plus destructeur. Il se caractérise par son éloignement apparent de la sexualité et un relâchement des liens avec l'objet aimé, l'attention se tournant vers l'intensité de la souffrance quelle qu'en soit la provenance. Il s'agit de pouvoir maintenir une certaine quan-tité de souffrance. La psychanalyse a progres-sivement déplacé le sadomasochisme au cœur même de l'individu « normal ».

Nazisme

Dès son arrivée au pouvoir, Adolf Hitler mit en œuvre la doctrine national-socialiste dont l'un des principaux objectifs était l'élimination de tous les Juifs d'Europe en tant que « race inférieure ». De la même façon il convenait de se débarrasser de tous les hommes considérés comme « tarés » ou gênants pour le corps social. Ainsi l'homosexualité et la folie furent-elles traitées par le nazisme comme des équivalents de la judéité, le tout fondé sur la théorie de l'hérédité-dégénérescence.

Hystérie
Son originalité réside dans le fait que les conflits psychiques inconscients s'y expriment <u>de manière théâtrale</u> et sous forme de symbolisations, à travers des symptômes corporels paroxystiques. (J'en ai parlé, les hurlements, la respiration, le blocage du diaphragme, le besoin d'être allongée sur le dos, la tendance à se mettre à genoux, les cris, l'indifférence aux regards voire la jouissance, les gifles à soi-même étant le comble, l'acteur qui répète devant sa glace, les crises de larmes, les crises de nerfs, se coucher par terre, les messages avec « je t'en prie, je t'en supplie » sur le répondeur, ça se termine sur une sorte de râle, même sur le répondeur, on entend.)

Désir
Il est lié à des <u>traces mnésiques</u>, à des souvenirs, il s'accomplit dans la reproduction inconsciente et <u>hallucinatoire</u> des perceptions, devenues « signes » de la satisfaction. La <u>demande</u> s'adresse à autrui, elle porte en apparence sur un objet, cet <u>objet est inessentiel</u> puisque la demande est demande d'amour. Le désir

porte sur un fantasme, un autre imaginaire, il est désir du désir de l'autre en tant qu'il cherche à être reconnu absolument par lui au prix d'une lutte à mort que Lacan identifie à la dialectique du maître et de l'esclave.

Schizophrénie

Forme de folie dont les symptômes sont l'incohérence de la pensée, de l'affectivité et de l'action, un repli sur soi et une activité délirante. Démence à l'état pur caractérisée par un retranchement du sujet à l'intérieur de lui-même. Le malade, homme ou femme, sombre dans un tel état de délire qu'il semble perdre pied avec la réalité.

Jour et nuit, les yeux fixes, sans jamais baisser et relever les paupières. On essaie de lui parler, il n'entend pas. C'est un débris arraché à la tombe, une espèce de conquête faite par la vie sur la mort, ou par la mort sur la vie. Mais capable tout d'un coup, cessant de trembler, de dire d'une voix lente « les anges sont tout blancs ». (À partir du cas clinique de Louis Lambert.)

Perte de contact vital avec la réalité, et projet de ne pas être soi-même.

Il existe un « art schizophrénique », sauvage, semblable à celui des enfants et des peuples primitifs.

Foucault se refuse à tout diagnostic mais fait de la folie d'Artaud, de Nietzsche, de Van Gogh et de Hölderlin l'instant dernier de l'œuvre : « Là où il y a œuvre, il n'y a pas folie ; et pourtant la folie est contemporaine de l'œuvre, puisqu'elle inaugure le temps de sa vérité. »

Applications
Je me reconnais surtout dans deux phrases : Les paranoïaques aiment leur délire comme ils s'aiment eux-mêmes. Et : Il s'agit de pouvoir maintenir une certaine quantité de souffrance. Et dans d'autres sur le mépris ou le délire de persécution, conduisant à la destruction.

Je me rappelle avoir dit à propos de *Vu du ciel* que le viol c'était bien « bien sûr, le viol c'est bien, sinon, on ne peut pas le supporter ». Je n'avais aucun doute, à l'époque, ça me paraissait imparable. J'étais tout simplement : paranoïaque.

Nadine est insupportable, et je ne suis pas seule à le dire. « C'est un mode pathologique de défense, les gens deviennent paranoïaques parce qu'ils ne peuvent supporter certaines choses. » Quand elle déballe à table ses problèmes de tournage, Catherine Decourt par-ci, Dupont par-là, Durand, Emmanuelle Vigner, qui lui a offert pour Noël de l'année dernière une

140

montre à un prix fou. Dans *Mari et Femme*, que je suis allée voir à Sète, avec André Dujardin et elle, après au dîner elle préside, Marie-Christine est assise à côté, la dauphine, elles éclatent mutuellement de rire à leurs plaisanteries fines. Toute la table suit. Comme le roi, quand le roi rit, toute la cour suit. Quand le bouffon fait rire le roi, toute la cour se gondole. Marie-Christine, je ne suis ni à côté ni en face, mais en diagonale de la table. Il y a d'autres amis. De Montpellier, médecins, profs, que Nadine connaît, ils rappliquent dès qu'elle apparaît, demandent à Marie-Christine « Nadine, ça marche son film ? et Decourt, ça va ? ça va avec Decourt ? Bien sûr, qu'on a envie de dîner avec Nadine ». Ou, « j'adore Dupont ». Et, « Nadine c'est quelqu'un de très chaleureux, et de très généreux ». Ils posent des questions sur Decourt, donnent leur point de vue, les films qu'ils ont aimés d'elle, ils demandent si ça existe l'« effet Decourt ». Nadine l'appelle « Catou » pour se moquer gentiment d'elle. Elle raconte des moments insupportables sur le tournage. Des retards d'une grossièreté invraisemblable (tout ça avec luxe de détails, croustillants), et ce qu'elle a fait, pour lui montrer quand même, pour lui apprendre le respect, qu'on doit, à une équipe technique, et à l'ensemble d'une produc-

141

tion, NC. La gêner, lui montrer que tout le monde l'attendait. J'ai en mémoire Dominique Quentin dans *Édouard II*, le cri qu'elle pousse au milieu, je suis sur une autre planète, ce cri existe, personne n'y pense. Les conversations tournent autour des pièces qui vont marcher, des restos où ils ont mangé, où ils aimeraient manger, de la troisième étoile Michelin accordée aux frères Machin, Pourcel, du Jardin des Sens, et pour les films le nombre d'entrées.

La paranoïa repose sur le délire de référence, Quentin, ou Eustache, j'alterne. Persécution, jalousie, grandeur, bien sûr. On devient paranoïaque parce qu'on ne peut pas supporter certaines choses. C'est comme ça. Marie-Christine me dit « j'ai vu Nathalie Bayard, j'ai dîné avec Nathalie Bayard, on est allées avec Nadine à la plage où va tout le temps Nathalie Bayard, si tu voyais les rapports de Nathalie Bayard avec son chien, il n'y en a que pour lui, elle choisit la plage en fonction de lui, elle l'adore ». Cela parce qu'elle sait que je n'aime pas les rapports qu'elle a avec Baya, sa chienne, mais si je voyais Nathalie Bayard, je ne dirais plus rien. *Chambord*, je l'ai vu, je ne dis pas n'importe quoi. D'ailleurs, la paranoïa, Freud la comparait à un système philosophique tellement il y a de rigueur, tellement l'expression est logique, tellement la pensée, le vouloir et l'action sont clairs et ordonnés. Évidemment « les paranoïaques le deviennent parce qu'ils ne peuvent tolérer certaines choses », c'est mon cas. À part une scène, c'est tellement académique, ça se veut sensible. Et même un petit peu révolutionnaire, sur par exemple l'image des stars, qu'elle casse. « Regardez, je filme les cuisses de Decourt, j'ose, Decourt a soixante ans, j'ose lui filmer les cuisses. » Il y avait une scène où Decourt était affolée, il lui arrivait je ne sais plus quoi (parce qu'en plus, le scénario est emberlificoté), Decourt devait se lever et partir, toute affaire cessante. À ce moment-là, vous savez ce qu'elle a dit ? nous raconte Nadine (je ne l'ai pas entendue qu'une seule fois cette anecdote), elle a dit, Catou a dit « et mon sac ? » Vous vous rendez compte, raconte Nadine, le réflexe de la bourgeoise, qu'elle est très profondément, qui est ancré en elle très profondément, elle pense à son sac. À quoi j'ai répondu, « mais Catherine, votre sac, à ce moment-là, vous vous en fichez, Catherine, vous le laissez, votre sac, bien sûr, vous n'y pensez même pas ». Et tout le monde autour de la table, d'acquiescer. Eh oui, son sac à ce moment-là elle s'en fiche. Ils sont tous d'accord. Il y a peut-être une photo de son fils

143

dedans, ou de son filleul, qu'est-ce qu'ils en savent, tous ?

(Ça m'ennuie d'avoir changé les noms. Ça rend le livre moins bon. Mais je préfère, plutôt que de payer des dommages.)

L'objet est inessentiel, ce qui compte c'est la demande d'amour. Je lui demandais de passer Noël avec moi. Un temps, j'ai pensé le surmonter. Je me suis dit « elle rentre à Montpellier le 25, on fera Noël le 25 ». Je n'aime pas faire Noël le 25, je n'aime pas déjeuner. Je ne peux pas faire une fête à midi. Un Noël du pauvre, de rattrapage, le vrai Noël ayant eu lieu le 24, je ne pouvais pas, le foie gras de la veille, elle l'aurait encore sur l'estomac, et le champagne, du Ruinart en magnum, à Paris, le vrai réveillon avec les vingt amis, et les filleuls, les filleuls, les filleuls, surtout les filleuls, « moi qui n'ai pas d'enfant bien sûr que j'ai été touchée quand Nadine par deux fois m'a demandé d'être la marraine de ses enfants », qui sont comme enfants ce qu'elle connaît de plus proche, alors que Léonore... si écrire était visuel je ferais ce geste d'un doigt qu'on tapote sur la joue gonflée, qui veut dire pipeau, elle s'en fout. Léonore, ne fait pas et ne fera jamais partie de sa famille, elle s'en fout. C'est une petite fille qui ne lui est rien, comme on dit. On lui donne un Noël du lendemain, après avoir gâté les premières urgences, la cousine, à tout seigneur tout honneur, et les filleuls, les dauphins, qui hériteront d'elle à sa mort en ligne issue de germain, les plus proches, alors que Léonore ne lui est rien et ne lui sera jamais rien. Jamais. Moins même que son chien. La femme de ménage, la cuisinière, la petite fille pauvre. Elle n'est jamais allée se promener seule avec Léonore, alors qu'avec son chien tous les jours. Seule avec Léonore, elle ne veut rien faire, ni une séance de cinéma, ni une balade quand je ne suis pas là, ni aller la chercher à l'école une fois. Pour Noël c'est une poupée Barbie qu'on met au pied du sapin « de la part de Marie-Christine », qui fait la fête à Paris, qui réveillonne à Paris après avoir éclusé les magasins du boulevard Saint-Germain avec sa cousine, qui a quarante pour cent chez Prada et Jil Sander, alors que Dominique Quentin paye plein pot, et moi aussi. C'est dégueulasse, les marques de fringues s'en moquent, comme tout le monde.

Après je me suis dit « non, je ne pourrai jamais la retrouver, sortant de l'avion, épuisée par son réveillon, elle aura fait la fête, le vrai Noël, la veille. J'aurai le deuxième ». On devait partir à Rome le 28 décembre. J'avais réservé un hôtel à côté de la piazza del Popolo, la même

145

semaine que sa promesse de faire le maximum, pour rester à Montpellier, et avec Léonore et moi. Elle n'en avait pas envie, voilà maintenant ce qu'elle dit, j'avais fait pression, elle n'avait pas cessé de m'avertir, elle ne le ferait pas si ça devait créer des drames. Des drames, des conflits. Rome, je lui dis que je ne veux plus. Nous sommes le 4 décembre, les billets sont annulés. L'hôtel s'appelait l'hôtel Quantin. On se quitte parce qu'elle aime Nadine Casta et moi Dominique Quentin. C'est un vrai système philosophique, les fondements en sont justes, mais ce qui me fait souffrir c'est ce fameux « développement insidieux » et cette dépendance à des causes internes et cette évolution continue, qui ne s'arrête pas, une fois que le déclic s'est produit, la machine démarre, et on ne peut plus l'arrêter. C'est enclenché. Aucun coup de fil de Marie-Christine, il y a maintenant plus de dix jours que le délire a commencé, aucun coup de fil, aucune visite, n'a pu m'arrêter. Le système est délirant, durable et impossible à ébranler. Ce n'est pas moi qui l'ai inventé. Je n'irai pas à Rome car ça continuera jusqu'à la fin de l'année. La demande d'amour se fait au prix d'une lutte à mort. Hier soir Claude est passé me voir, il m'a dit « ma Christine, tu as le visage en miettes ».

Le nazisme, je persécute Marie-Christine parce qu'elle est homosexuelle alors que c'est juste une variation, provoquée par un arrêt du développement sexuel. Plusieurs individus hautement respectables, des temps anciens et modernes, ont été homosexuels. Mais j'ai une structure sadomasochiste, que personne ne peut nier, d'ailleurs personne ne la nie. Je ne suis pas la première, ni la dernière, à persécuter des homosexuels, même si c'est cruel, j'en conviens tout à fait. Pourquoi ? Parce que mon père était homosexuel. Il ne l'était pas, je délire, j'exagère, je dis n'importe quoi, mais la sodomie, qu'il pratiquait sur moi, et aussi sur une certaine Marianne il m'avait raconté, le rapproche d'eux. La bisexualité est humaine. Elle existe à l'état latent chez tous les hétérosexuels, Freud le disait, déjà en 1920. C'est un élément. Sans parler du poignet, qu'il se retournait tout le temps. Tout peut toujours se retourner.

Elle me l'a dit hier au téléphone « tu massacres les autres, parce que tu as été massacrée », ça fait toujours plaisir. Elle va me dire bientôt qu'elle a pitié. Un paranoïaque ne peut pas tolérer ça, c'est insupportable, insupportable. In-su-ppor-table.

J'ai pleuré. Elle m'a parlé puis :

– C'est peut-être notre dernier coup de fil. As-tu quelque chose à ajouter?

– Joyeux Noël.

– Je ne pense pas qu'il sera très gai.

– Et bonne année.

Masochisme moral. C'est le plus destructeur, chez moi il s'exerce essentiellement dans le langage. Je n'entre pas dans le détail. Je suis sadomaso, c'est déjà dur. J'ai des conversations en tête, plein, que j'ai menées avec cet esprit de torture, avec Claude, Marie-Christine, ma mère, et d'autres. Avec d'autres il n'y a pas de dégâts, ce n'est pas grave, le plaisir de lui mettre le nez dans sa merde, et la situation ne se retourne pas. On est sadique, la personne, surprise, pense vraiment qu'elle a tort (et elle a tort), elle argumente, au lieu de, il y a une chose à faire, une seule, elle n'y pense pas, très vite se mettre en position de victime, il faut que ce soit subreptice, pour que, immédiatement, je passe (moi ou un autre sadique) aux excuses, pour inverser le processus, jouir du mal à son tour, se mettre à la fois dans la position de victime, que je suis moi fantasmatiquement, là tout de suite, quand je m'excuse, maintenant à mon tour, jouir aussi du mal reçu par moi et du mal que je reçois. Ce n'est pas très original mais je le vis je ne me contente pas de le dire. Jouir du mal qu'on fait et de celui qu'on reçoit. Tout peut toujours se retourner aurait pu être ma devise. J'en cherche une autre. Les personnes qui me connaissent, répliquent, souffrent, ou me disent comme Claude hier soir « je ne t'en veux pas, je sais ». Souffrir de ce qu'on me dit, et en même temps jouir de ce que je dis, je n'en peux plus. Je voudrais bien que ça s'arrête.

L'autre jour

Je passe à son cabinet. Sa secrétaire, qui s'appelle Nadine (Nadine Martin), ne la prévient pas tout de suite de mon arrivée. Elle termine son courrier, son coup de fil, sa frappe sur ordinateur, peu importe. Puis elle téléphone, elle lui dit « Christine est là », elle me dit « elle est en train de faire souffler quelqu'un ». J'attends un instant, quelques minutes. Et je pars, je n'attends pas. Cette secrétaire, qui s'appelle Nadine et qui fait barrage, après ce qu'il vient de se passer, je ne peux pas le supporter. Marie-Christine m'avait dit « quand je l'ai recrutée, elle m'a dit son prénom, j'ai dit "c'est bon" ». Une Nadine à qui elle pourra enfin donner des ordres. Je dis vraiment n'importe quoi. J'ai prononcé le nom de cette secrétaire plusieurs fois, et je suis partie :

– Nadine, vous lui direz que je n'ai pas pu attendre, que j'étais pressée, d'accord Nadine ?

149

– Très bien. De toute façon je lui dis que vous êtes passée.

– Merci Nadine, merci. Au revoir Nadine.

Processus hallucinatoire bien connu, une Nadine en remplace une autre. Des cheveux noirs en remplacent d'autres, surtout s'ils recouvrent un peu la nuque avec un mouvement souple.

Hier, jeudi 3 décembre dans la matinée, je l'appelle à l'hôpital :

– Je voulais te prévenir que samedi, je vais faire des courses de Noël avec Claude. Il veut m'offrir mon cadeau, nous irons à Avignon pour la journée...

– À Avignon ?

– Tu sais bien qu'à Montpellier il n'y a rien.

Puis, cinq minutes plus tard, je la rappelle :

– Je voulais te dire autre chose, mais ça va te faire de la peine.

– Vas-y.

– Je ne veux pas que tu m'offres de cadeaux de Noël, je ne le supporterai pas. Je voulais te le dire suffisamment tôt, nous sommes le 3 décembre, c'est l'époque où on commence à chercher les cadeaux. Et justement, je ne supporterais pas que tu m'offres un cadeau. Tu peux le comprendre. Après tout ce qui s'est passé, je pense.

– On avait dit de toute façon qu'on se les ferait à Rome.

– Tu sais très bien que je ne veux plus y aller.

– On n'a pas encore vraiment décidé.

– Si, moi j'ai décidé. Je ne veux plus y aller. Je l'ai su dès le mercredi midi (25 novembre) où tu m'as téléphoné. Tu le sais très bien. Depuis je n'ai pas varié (impossible à ébranler).

Il y a dix minutes, je l'appelle à son cabinet, les billets pour Rome ont été annulés selon mon désir. Je lui ai demandé de ne plus jamais me rappeler. Il y a dix minutes, moi je l'appelle :

– C'est peut-être dommage d'avoir annulé les billets.

– Tu veux y aller ?

– Non. Je t'ai dit que je ne reviendrai pas sur ma décision. Je ne veux pas y aller. Mais on aurait pu se garder un délai à tout hasard.

– Je peux rappeler si tu veux.

– Mais je n'ai plus du tout envie d'aller à Rome. Rome, c'est fini. Depuis qu'il s'est passé tout ça. Le seul endroit possible maintenant pour moi ce serait Séville.

– Je peux appeler si tu veux.

– Mais je n'ai pas dit que je voulais y aller. Je ne peux pas pour l'instant. Tu sais très bien que je suis bloquée, et que, pas une seconde depuis mercredi midi, je n'ai varié.

151

Au prix d'une lutte à mort que Lacan identifie à la dialectique du maître et de l'esclave. Je n'en peux plus, je ne peux plus continuer, je voudrais qu'on m'aide. L'écriture m'a soulagée, samedi, dimanche, lundi, mardi, mais depuis les définitions c'est fini. Depuis la première difficulté que j'ai rencontrée, le soulagement est fini.

Je pensais tout à l'heure à un autre exemple du retournement sadomasochiste : *Sujet Angot,* la structure.

Autres points de vue

Gisela : Tu ne crois pas que tu exagères un petit peu.

Marie-Christine : Tu me rends folle. Tu me pousses à bout.

Nadine : C'est extrêmement pervers, cette façon de montrer ta souffrance à l'autre, en lui disant que, de toute façon, après il ne peut rien faire. Que tu le veuilles ou non, je vais appeler Marie-Christine ce soir et je la dédouanerai. Ça ne m'intéresse plus dans ces conditions. Tu ne peux pas dire ce que tu me dis, et faire l'innocente ensuite, comme si tu n'avais rien dit, me dire que c'était juste pour que je connaisse ta souffrance.

Yvon Kermann : Tu as un rapport au public sadomasochiste.

152

Mais surtout dans la nuit du 1ᵉʳ au 2, Marie-Christine a pleuré dans mes bras, en me disant : Je n'aime que toi, je n'ai jamais aimé que toi, tu es la première et la seule, mais tu ne veux pas de moi alors je vais me suicider. Je vais disparaître, tu n'entendras plus parler de moi, jamais. Tu ne m'en empêcheras pas, car je le ferai quand tu ne seras pas là.

Derniers jours (flash-back)

Samedi 28 novembre, soir, il y a une fête chez Nathalie, finalement j'accepte d'y aller. Je ne regarde pas Marie-Christine danser, je ne danse pas, je fais la gueule, j'annonce à tout le monde que je suis fatiguée, très fatiguée, on me répond « moi, je ne le suis pas, j'ai fait du kayak toute la journée, je ne suis pas fatiguée... ». Ou « bois un petit whisky, ça va te réveiller ». Le vin rouge ça fait dormir, et le whisky ça réveille. Ou « excuse-moi de t'avoir dit l'autre jour que ta réaction était exagérée. – Si c'est ton point de vue. – Non, je n'aurais pas dû te dire ça. – Ce n'est pas grave. »

Ç'a été horrible.

Les moments marquants :

On fait l'amour. Mes fantasmes sont des humiliations souvent. Marie-Christine en train d'humilier une fille, l'autre est tellement conne

153

qu'elle ne s'en aperçoit pas, moi je suis là, je sais, ce que Marie-Christine a dans la tête, je jouis de la situation. Marie-Christine n'en a rien à foutre, alors que l'autre ferait le siège de sa maison huit jours pour avoir droit ne serait-ce que de la renifler. Marie-Christine en profitera, lui dira « puisque tu es là, vas-y, lèche-moi, tu ne te seras pas déplacée pour rien comme ça ».

Un autre élément, un lapsus d'écriture hier, qui dit bien mes troubles sadiques et sadomasos, au lieu de pénétration vaginale j'avais écrit sodomisation, vaginale. Et voyez, la virgule entre, virgule, petite verge, ça recommence. Comme si ma tête, articulée sur un pivot, avait deux faces toujours présentes, je connecte, j'associe, tout communique, c'est ce que j'appelle ma structure mentale incestueuse. Que j'essaie de réduire un peu, comme une fracture, et une facture. Digression, à partir de fracture-facture, sur le mot d'esprit :

Jeux de mots, mots d'esprit

En de multiples occasions, Freud usa du *Witz* autant pour se moquer de lui-même que pour signifier à son entourage combien il pouvait rire des réalités les plus sombres. Le mot d'esprit est une expression de l'inconscient. Comme la sexualité humaine, il a des aspects infantiles et polymorphes. Freud étudie la technique du mot d'esprit et le mécanisme de plaisir que ça déclenche. Il y a les Witze inoffensifs et ceux qui sont tendancieux ayant pour mobile l'agressivité, l'obscénité ou le cynisme. Quand ils atteignent leur but, les mots d'esprit, qui nécessitent au moins trois personnes, l'auteur, son destinataire et le spectateur, aident à supporter les désirs refoulés en leur fournissant un mode d'expression socialement acceptable. Il y a selon Freud un quatrième mobile, plus terrible que les trois autres : le scepticisme. Les mots d'esprit de ce registre mettent en jeu le non-sens et s'attaquent non pas à une personne ou à une institution, mais à la sûreté du jugement. Ils mentent quand ils disent la vérité et ils disent la vérité au moyen du mensonge. Le mot d'esprit est producteur de plaisir. S'il a recours aux mécanismes de la condensation et du déplacement, il se caractérise avant tout par l'exercice de la fonction ludique du langage. Il y a l'humour, le comique et le mot d'esprit, tous trois nous ramènent à l'état infantile, car « l'euphorie que nous aspirons à atteindre par ces voies n'est rien d'autre que l'humeur de notre enfance, un âge où nous ignorions le comique, étions incapables d'esprit et n'avions pas besoin de l'humour pour nous sentir heu-

155

reux dans la vie ». Freud n'attachait pas beaucoup d'importance à son livre sur le Witz, qu'il considérait comme un essai de psychanalyse appliquée à la création littéraire. Le livre ne reçut pas un accueil enthousiaste, les mille exemplaires de la première édition ne furent épuisés que sept ans plus tard. Jacques Lacan fut le premier, en 58, à donner au Witz un statut de concept.

Quelques exemples : <u>Crêpe</u> : Retourner comme une crêpe. Marie-Christine voulait passer Noël avec moi, Nadine appelle, trois larmes au téléphone, elle s'est fait retourner comme une crêpe, avec un peu de beurre. Beurre, vaseline, pleurs. Sodomie, on retourne le corps. Pratique, on se retrouve avec un corps sans vagin et sans seins, à un âge où nous ignorions le comique, étions incapables d'esprit et n'avions pas besoin de l'humour pour nous sentir heureux dans la vie. Les histoires de Toto quand même, les citrons, les carottes. Là, pas de citron, pas de vagin, la carotte.

Autres exemples : <u>Folle</u> : Un homme homosexuel qui se décroche le poignet. Je le fais souvent, mon père le faisait. <u>Élisabeth</u> (nom de la femme de mon père) : bête. D'où, je n'aime pas les bêtes, ni cette pauvre Baya, la chienne de Marie-Christine. Autre exemple : <u>La marque</u> :

Je suis marquée, la marque, et aussi le Mark, justement, la femme de mon père était allemande, il avait une grande admiration pour l'Allemagne et sa culture. J'essaie que tout soit à peu près en ordre, pas trop fourbi. J'étais arrivée à un point de non-retour, les associations de mots me menaçaient, des incestes d'idées se produisaient directement dans ma tête : toujours ressenti comme une tragédie par ceux qui s'y livrent. Il n'y a aucune cloison, tout se touche, rien n'est intouchable. C'est réprouvé par l'opinion et toujours vécu comme une tragédie issue de la déraison ou conduisant à la folie. Je n'invente pas. Le cerveau ne se partage plus en cases. Ce n'est pas comme on dit, qu'il me manque une case, c'est une maison sans murs, un genre de loft c'est très à la mode, j'ai eu de la presse en septembre, on entend tous les bruits et de cuisine et de baise, et de radio, et la télé, et le téléphone, le frigo qui se déclenche, la sonnerie à la porte hier, une heure du matin, Marie-Christine pour me dire qu'elle m'aime, et la salle de bains, on n'y est jamais seul.

Lacan fit du mot d'esprit un signifiant, c'est-à-dire une marque par laquelle surgit un trait de vérité. Comme Freud, il avait un humour corrosif. Il maniait beaucoup la technique de la figuration par le contraire comme en témoigne

157

« l'amour, c'est donner ce que l'on n'a pas à quelqu'un qui n'en veut pas ». À propos de sodomisation vaginale, je rejoins tout à fait les thèses de Mélanie Klein qui envisage l'homosexualité féminine comme l'utilisation d'un pénis sadique. Dans mon cas c'est indéniable. J'ai pas de queue mais je te sodomise quand même, c'est pas dans le cul mais je te sodomise quand même. On n'a rien, on n'a rien pour nous, et notre tête déconne. Déconne, sortir, Ducon, ça veut dire, débloque. Notre tête déconne, tu comprends, elle sort du con, notre tête, mais où tu veux qu'elle aille ? À Rome ? Tu voudrais qu'elle aille à Rome ? On a annulé les billets, il n'y a plus de vol, il n'y a plus d'hôtel. À Séville ? On est à quinze jours de Noël, tu sais bien qu'on n'en trouve plus des places à cette date-là. En Égypte, les pharaons d'Égypte et les momies, il n'y a plus de place à cette date-là.

(Mes anciens réflexes ont repris dans cette dernière page, je travaille mal, d'ailleurs je me sens mal, en écrivant j'ai envie de pleurer ce n'est pas normal. J'ai promis à Léonore qu'on irait aujourd'hui dimanche à onze heures voir *Kirikou et la sorcière*. Marie-Christine est venue sonner chez moi dans la nuit, je venais de m'endormir, pour me dire qu'elle veut rester.

J'ai dit non. Les phases intermédiaires, je les ferai peut-être après. Après *Kirikou*. Je lui ai dit non. Je lui ai répété. Elle a reposé plusieurs fois sa question. J'ai dit « tu m'as réveillée » c'est non de toute façon. Ce n'est pas une question d'envie ou pas, c'est que je ne veux pas. Elle est partie en courant, elle s'est enfuie, avec sa chienne courant derrière elle, même pas tenue en laisse. Elle a essayé de m'étrangler avant. Elle s'est mise à quatre pattes à genoux sur moi, j'étais couchée, j'étais en chemise de nuit dans mon lit. Elle était tout habillée, les vêtements avec lesquels elle sortait de ce dîner et sa veste en cuir. Elle s'est mise à califourchon sur moi elle a pris ma gorge, mon cou, dans ses mains, et elle a appuyé de toute la force de ses bras. J'ai pris ses poignets pour l'arrêter, elle aurait pu me tuer. Elle s'est assise par terre à côté du lit, et elle a commencé à me serrer très fort le bras et à le secouer. J'ai relâché l'énergie de mon bras, complètement, je le laissais aller. J'étais épuisée. Bien sûr je le suis encore. Elle est partie en claquant la porte et en dégringolant les escaliers, en courant dans la rue pour disparaître le plus vite possible de ma vue, j'étais à la fenêtre, je criais, je crois que j'aurais voulu qu'elle revienne, n'importe quoi, ridicule, exagéré, disproportionné, j'ai repris la même dose de comprimés qu'avant de me coucher. Ce matin dans ma bouche j'ai une langue énorme, pâteuse, j'ai soif, tout est devenu sans importance.)

Le cinéma avec Léonore, dimanche matin, 6

Nous sommes à l'heure, mais la queue va jusqu'au mur d'en face, les gens se demandent tous s'ils auront une place, il y a des enfants, des adultes. Tout le monde fait la queue. Je me mets avec Léonore au bout de la file, ce n'est pas une file rectiligne, c'est difficile de déterminer qui est avant qui est après, ce n'est pas évident. À moins d'être arrivé le premier et d'avoir vu tous les ordres d'arrivée. Je prends ma place, je m'avance en même temps que la file avance. Un type, trente ans, grand, brun, avec une jeune femme métissée et un petit enfant, il me fait, très sûr de lui, « vous voulez me passer devant, c'est ça ? Vous avez très bien vu que je suis avant ». Non, j'avance, c'est tout, je ne cherche pas à lui prendre sa place, pas du tout. J'ai bien autre chose en tête. La file avance de nouveau, de nouveau il me regarde de côté, se baissant car il est grand, bien plus que moi, et bien plus costaud, « vous êtes pressée, qu'est-ce que vous avez ? » Je suis déjà suffisamment bouleversée par la nuit que je viens de passer, mais finalement je lui dis « si ma façon de marcher ne vous

160

convient pas, c'est dommage, je le regrette ». Il m'accuse encore de vouloir lui passer devant, il était avant. Là, je l'attrape. Toute la rue m'entend, je hurle, je le prends par la manche et le bras de son anorak. Je le tire devant moi, je lui dis « ça va, ça ira comme ça ? » en hurlant et en le bousculant pour le mettre bien devant, bien, bien devant. « Vous êtes ridicule » il me répond. Dans la foule c'est le silence général, les regards qui me croisent se détournent, les bouches sont occupées à autre chose, les yeux aussi. Je dis à Léonore que ce type m'a énervée, j'espère que ça ne l'a pas gênée. Elle me dit que non.

(Le film était bien.)

Quand je suis rentrée, j'avais un long message.

« Je ne sais pas si tu n'es pas là ou si tu filtres. Je voudrais te voir aujourd'hui, pour qu'on se donne quelque chose, avant d'arrêter ou avant de reprendre. Je ne veux pas qu'on oublie mais qu'on se pardonne. Ce qu'on a vécu quand même c'était beau. » Elle n'était pas chez elle, j'ai appelé son portable, elle était sur le court de tennis. Elle était heureuse, quand elle l'a entendu sonner.

Mais bon, tout ce qui s'était passé avant n'allait pas s'effacer comme ça. Le déclic du

161

25 novembre est insurmontable. Je parlais de causes, de causes profondes. Entrer là-dedans, remuer tout ça ? Qu'est-ce que ça apporte ? Est-ce que ça rendra le livre plus intéressant ? Non. Ça ne rendra pas le livre plus intéressant. Et ce n'est pas très poli surtout. Ce n'est pas l'essentiel, l'essentiel, je suis perverse, voir comment je pratique la torture mentale. Au point, rendus fous par ce que je disais, par ce que je *leur* disais, que des personnes, ont été amenées, des personnes de mon entourage, des proches, à me donner des coups, à m'insulter, parfois durement (salope, dégueulasse, perverse, pute c'est arrivé), à m'étrangler (deux fois, une fois à Bordeaux, et une fois ici même à Montpellier), à me secouer dans tous les sens, à me battre, à m'insulter. Mais toujours, poussés à bout, je leur fais confiance quand ils se disent à bout, ils me connaissent, ils me connaissent bien, ils m'ont vue, ils m'ont entendue, poussés à bout par une machine en moi, verbale, une machinerie, extrêmement efficace, extrêmement destructrice, extrêmement retorse, extrêmement surtout sadique, évoquant toujours des éléments de la réalité, justes, qui font mal, dans une sorte de machinerie féroce que personne ne peut arrêter en tout cas pas moi. Sauf un jour la mort. Ou un autre déclic, dans l'autre sens. Mais ça reviendrait au même. Ma devise aurait pu être « tout peut toujours se retourner » et « tout peut toujours se broyer », donc c'est logique. Je suis allée voir hier mon homéopathe, ça faisait longtemps que je n'y étais pas retournée (retourner !), elle m'a donné mercurius, mercure, vif-argent, en me citant la phrase qui correspond, « voulant briser les conventions sociales ou n'y voyant que l'instrument des rapports humains, il finit par briser les liens humains eux-mêmes », c'est logique. J'ai besoin de logique. J'y arrive, on comprend ce que je dis je pense. Dans *Sujet Angot*, il y a un passage où Claude dit, il le dit comme un compliment : « ton écriture est tellement incroyable, intelligente, confuse, mais toujours lumineuse, accessible, directe, physique. On n'y comprend rien et on comprend tout. Elle est intime, personnelle, impudique, autobiographique, et universelle. Tu émeus sans les trucs, sans être émotive, tu fais réfléchir avec trois bouts de ficelle, un miracle de désorganisation logique. La liberté sans le chaos, l'ouverture sans la dérive ». C'est très gentil, mais il ne se rend pas compte. Ce n'était plus la liberté sans le chaos, mais le contraire, ni l'ouverture sans la dérive, mais le contraire. Je n'en pouvais plus. De mes trois bouts de ficelle confuses. J'ai un appareil

163

critique, là, quand même assez solide. Le *Dictionnaire de la psychanalyse* de Roudinesco, j'en suis contente. À mon niveau. Comme on dit d'ailleurs, les gens qui disent « à mon niveau » se rabaissent, je ne revendique, moi non plus, aucune compétence de spécialiste, j'ai mes limites, je suis une ratée, j'essaie d'être logique, simple, et de me faire comprendre par le maximum de gens. Si tout le monde en faisait autant, il n'y aurait pas toutes ces merdes. Beaucoup d'écrivains essayent de péter plus haut que leur cul, ce n'est pas très poli.

La Valda

Qu'est-ce qu'un substrat ? Ça vient de *substernere*, étendre sous. Qui sert de support à une autre existence, sans quoi une réalité (conçue comme un accident) ne saurait subsister. Sans quoi le déclic n'aurait pas eu toutes ces conséquences. C'est la substance, c'est l'essence, c'est le fond. Sur quoi s'exerce une action, Queneau, « un substrat solide au développement des actions qu'il pouvait concevoir », Renan, « la terre fournit le substratum, le champ de la lutte et du travail, l'homme fournit l'âme ». La terre, cet élément sur lequel repose une couche géologique. Linguistiquement, le substrat gaulois en France. Le substrat. Quelles sont les zones ? Quel est le terrain ? Ça pousse sur quoi ?

Hérédité :

Une grand-mère, qui s'est suicidée, la mère de mon père. Elle s'est jetée par la fenêtre, au moment où son mari et son fils, le frère de mon père, descendaient dans la cour un dimanche pour aller se promener. Mon père souffre d'un Alzheimer, comme son père avant lui. Je souffre du mal contraire, depuis bientôt quinze jours, quinze jours mercredi, je n'arrive pas à perdre Noël de vue, j'ai pleuré tous les jours à cause de Noël. Je n'arrive pas à oublier Noël. Je pleure, je ne peux pas oublier, je voudrais, je n'y arrive pas. J'ai pleuré, j'ai rompu, je me suis fait étrangler, je me suis giflée moi-même. Noël Noël Noël. Les troubles de la mémoire, je n'en souffre pas. Je n'ai pas d'amnésie, je souffrirais plutôt, si ça existe, de mnésie excessive, trop forte. Noël Noël Noël. J'ai une fille de six ans et demi, « il faut toujours que tu ressortes Léonore ». Nadine n'est qu'un intermédiaire, Noël, un déclic. Je ne veux pas que la famille légitime l'emporte sur la famille bancale, le paranoïaque ne peut tolérer certaines choses, je ne supporte pas que Marie-Christine ne m'aime pas assez pour souhaiter que mon enfant ait un bon Noël

avec elle. Qu'elle aille fêter Noël avec ses filleuls. Mon enfant autrement dit ma chair autrement dit mon corps, ce que je suis, ma vie, ce
que j'ai vécu qui fait que Noël, Noël, Noël,
Noël.

Maintenant : mettre en ordre non plus comment, mais pourquoi, les erreurs que j'ai
commises, les choses dont je ne me remettrai
jamais, « passe à autre chose » je ne passerai
jamais à autre chose, les causes, la souffrance
dans ce qu'elle a eu de plus indéracinable, je vais
être polie, car ça rend très, très polie finalement.
Ça vous enlève toute agressivité, toute haine
véritable, la haine qu'on manifeste, parfois, c'est
du toc, elle est fausse, c'est une haine fausse.
C'est une feinte. Je vais essayer de vous parler.
Comme en ce moment j'essaie de parler à
Marie-Christine, pour voir si ça peut servir à
quelque chose. J'essaie de vous parler, j'y vais, il
n'y aura pas de jeux de mots, il n'y aura pas de
haine, il n'y aura rien, il n'y aura pas de
construction littéraire, peut-être que ça ne sera
pas de la littérature, il n'y aura rien ; rien, rien,
rien, il n'y aura rien. Il n'y aura que des souvenirs, chaque souvenir va être un arrachement à
écrire. Souvenir, livre de souvenirs. Je me souviens. Je me souviens de Ricola, bonbons

Kréma, mais aussi, autre chose. Je me souviens Vittel Délice, mais aussi autre chose. Je me souviens jardin public mais aussi autre chose. Balançoire, cicatrice à la tête, près de l'arcade sourcilière, ma mère affolée, mais aussi autre chose. Je me souviens Marie-Hélène, le sable doux, ma jupe portefeuille en tweed, bordée de cuir, les Nuts, les Mars, les Americano en sortant de la piscine à Reims, mais aussi autre chose. Je me souviens ma jupe verte à bretelles, ma brouette, mon petit copain Jean-Pierre, Chantal, ma voisine, ma grand-mère, les lapins et les poussins chez les Ligot, les bonbons Kréma, à la framboise en premier, à la fraise en deuxième, au citron en troisième, et pour finir à l'orange. Je me souviens des palets avec des noisettes et de plein de choses délicieuses, je me souviens des balançoires à deux, etc., etc., mais aussi autre chose.

Quoi?

Vas-y, crache-la ta Valda.

J'étais tellement contente de le connaître. Quand je l'ai rencontré, c'était tellement au-delà de mes espérances. Et puis, huit jours après, pas plus, je vous assure, pas plus, ç'a été tellement une déception que je n'imaginais pas. Au-delà de mes espérances et huit jours après une déception que je ne pouvais même pas imaginer, même pas. Je l'ai rencontré à Strasbourg avec ma mère au Buffet de la gare, je l'ai trouvé tellement extraordinaire. Moi qui n'avais pas de père à présenter à mes copines, tout d'un coup j'allais pouvoir leur dire comment il était extraordinaire. J'étais charmée. Je n'avais pas de désir pour lui, ce n'était pas du tout ça. Charmée. Comme on peut l'être de quelqu'un qu'on aime. Je trouvais qu'il était intelligent, intéressant, d'une culture tellement au-dessus de la moyenne, tellement exceptionnelle. Les pères de mes copines pouvaient aller se rhabiller (ce n'est pas un mot d'esprit, ce n'est pas coquin et impertinent, comme je l'ai dit). Lui, il connaissait trente langues, il était élégant. Je ne veux pas rentrer dans les détails, bref, ça dépassait mes espérances. De loin. Je l'avais dit à ma mère, qui était contente, elle m'avait dit « tu vois que je ne suis pas allée te chercher n'importe qui », comme père. Je renchérissais, je disais « alors ça, non, alors ». Et puis huit jours après, on passait ma mère et moi huit jours à Gérardmer dans un hôtel, il vient nous voir. Dîner, promenade autour du lac, coucher. Il vient me dire au revoir dans ma chambre, et là, il m'embrasse sur la bouche. Déjà, la découverte d'un baiser sur la bouche, ensuite il me fait ça. Je ne comprenais pas, je comprenais très bien, je n'y croyais pas.

Je me demandais vraiment. Il m'aimait, il disait qu'il m'aimait. Je suis désolée de vous parler de tout ça, j'aimerais tellement pouvoir vous parler d'autre chose. Mais comment je suis devenue folle, c'est ça. J'en suis sûre, c'est à cause de ça que je suis devenue folle. C'est la cause. En huit jours, je suis passée du père idéal, et même plus qu'idéal, inespéré, comme je n'imaginais même pas que ça puisse exister, et c'était mon père, et il m'aimait, et on se ressemblait, et il était heureux, et il me trouvait extraordinaire, moi aussi, lui aussi il était ébloui. Il y avait tellement de promesses. Non, je vous le répète, jamais je n'ai eu de désir pour lui, non, je vous le répète. Jamais. Je sais ce que c'est le désir quand même. Du plaisir, ça a pu arriver, je ne le nie pas. Mais du désir jamais. Je désirais lui plaire, bien sûr. Je suis désolée qu'il faille parler de tout ça. Désolée. Pourquoi j'en parle ? Eh bien parce que j'en ai parlé à Marie-Christine et elle pense que c'est bien. J'espère que ce n'est pas parce que ça l'excite, elle me dit que non, que ça lui fait de la peine au contraire. Ça m'arrache d'en parler. Quand je lui en parle, ça m'arrache, heureusement que je suis dans ses bras, sinon je ne pourrais peut-être pas. Je ne devrais pas écrire ça. Et je ne devrais pas lui en parler. Ce que ça va provoquer, à elle, et à vous, ce sera la même chose,

169

ce sera de la pitié, vous ne pourrez plus m'aimer, ni elle ni vous. Elle ne pourra plus m'aimer. On ne pourra plus faire l'amour. Vous ne voudrez plus me lire. Je crois que tant pis il faut que je prenne le risque. On n'aime pas les gens qui ont souffert, on les plaint, on n'aime pas les fous, on les plaint. On ne veut pas vivre avec un asile de fous à côté de chez soi. C'est normal, je le comprends moi, ça. Je suis pareille. Je suis une pauvre fille, on ne tombe pas amoureux d'une pauvre fille. On n'a pas envie de faire l'amour à une pauvre fille, sauf si on est pervers. Quoi d'autre ?

Je ne le disais à personne. Personne. Personne ne le savait. Vous vous rendez compte ? De quatorze à seize ans. Je parlais de mon père à l'école. Sous tout l'aspect dont je pouvais être fière, les choses intellectuelles, les connaissances, toute la culture, je me réappropriais, quelquefois je la racontais. J'en parlais surtout à mon amie Véronique. Ce que j'avais appris dans le week-end je le lui redisais. Ça l'intéressait, la passionnait. Tous les aspects dont j'étais fière. D'autant plus fière que pendant quatorze ans, je n'en parlais pas du tout de mon père, à personne. Il y avait des choses que je cachais, dont je n'étais pas fière, mais dont je pouvais parler il y en avait.

En ce moment, je me dis pareil, faire silence. Si je parle ça va être pire qu'avant : ça fait du bien d'en parler on va me dire. Je déteste avoir à écrire ça. Je vous déteste. Je vous hais. Je voudrais ne pas savoir ce que vous pensez. Je sais ce que vous pensez. Toujours la même chose, et tous pareil. Des veaux et je vous déteste. C'est ça, ou la clinique. Je suis obligée. C'est la clinique ou vous parler. À vous. L'écriture est une sorte de rempart contre la folie, j'ai déjà bien de la chance d'être écrivain, d'avoir au moins cette possibilité. C'est déjà ça. Ce livre va être pris comme une merde de témoignage. Comment faire autrement ? Quoi d'autre ? Les bonbons Kréma à l'orange, mais aussi :

Le Codec, Le Touquet, la sodomisation, la voiture, le sucer dans la voiture, lui manger des clémentines sur la queue, tendue, le voir aux toilettes, l'entendre pousser, les pharaons d'Égypte, Champollion, le jour où on n'est pas allés à Carcassonne. Je vais essayer dans cet ordre. Nancy.

Le Codec

Il n'y avait plus rien. Je l'ai rencontré à quatorze ans, de quatorze à seize ans, ça avait lieu. Sans que je cesse de demander, chaque fois, d'arrêter. Par téléphone, avant de se voir, chaque fois. Il me disait chaque fois oui.

171

Chaque fois ce n'était pas possible. Comme Marie-Christine, chaque fois j'arrête par téléphone, quand je la revois ce n'est pas possible. Mais, comme elle m'a dit, entre nous il n'y a pas d'interdit. Heureusement. C'était jeudi soir (10 décembre) je lui ai répondu « heureusement, heureusement ». Ça s'est arrêté quand j'avais seize ans, je l'avais dit à Marc, qui l'avait dit à ma mère. Ça a pu s'arrêter. De seize à dix-huit on s'est écrit. Il me reprochait dans ses lettres le coup de couteau que je lui avais enfoncé. À dix-huit ans, il a arrêté de m'écrire et d'envoyer de l'argent à ma mère, parce que légalement rien ne pouvait plus l'y obliger si ma mère avait intenté une action. Elle ne l'aurait pas fait de toute façon. Puis il y a eu Pierre, puis Claude, puis l'analyse, puis j'ai écrit. J'ai voulu le revoir. Pour commencer enfin d'avoir des relations père-fille normales. Je l'ai rejoint à Nancy. Il m'avait promis, il m'avait absolument garanti qu'il ne se passerait rien. Je revois son regard dans un café, il venait de m'accueillir à la gare, plus tard dans le week-end on était allés voir *La Vie de famille* de Jacques Doillon, que j'avais déjà vu, que j'avais adoré, je voulais le revoir avec lui, je pensais que ça lui plairait comme à moi. Mais non, il n'a pas compris ce que je voulais dire. En tout cas, je revois ce café, il y avait

172

quelques marches pour descendre dans la salle, je me revois à la table, lui en face. Et surtout, à un moment donné, je revois son regard. Qui était un regard de désir et je me disais « c'est reparti ». « Il ne va pas faire ce qu'il avait dit », ou alors je savais que ce serait infernal, qu'il me le ferait voir ce désir, qu'il le retenait pour me faire plaisir. L'hôtel, deux chambres, le moment de se dire au revoir, et allez. C'était reparti. C'est à ce moment-là que j'ai décidé de me retourner, de retourner mon corps, de me retourner moi. Pourquoi ? Être considérée enfin comme une femme, pas comme un cul, un trou du cul, beurre sur la crêpe retournée, vaseline, je n'étais pas qu'un cul, j'ai commencé de prendre le pouvoir à partir de ce moment-là. Sur cette histoire, et maintenant je l'ai (disons). Au début j'étais dessous, j'avais le dessous. Proposer, me retourner de moi-même du bon côté, j'écrivais déjà, j'avais commencé. Prendre le pouvoir, avoir le dessus. Et maintenant, je l'ai. Lui a perdu la tête, Alzheimer. Moi j'ai le dessus sur l'inceste. Le pouvoir, le pénis sadique, ça y est, grâce au stylo dans ma main sûrement, essentiellement. Le dessous, le dessus, très bien. Maintenant je parle à Marie-Christine, j'écris et je vais en parler aussi à Moufid Zériahen. Je n'écris plus comme avant. Je ne cherche pas à agresser, personne. Si je dis «merde à ceux qui le liront» c'est parce que j'aurais aimé avoir autre chose à raconter. Que ça. Écrire n'est pas choisir son récit. Mais plutôt le prendre, dans ses bras, et le mettre tranquillement sur la page, le plus tranquillement possible, le plus tel quel possible. Tel qu'il se retourne encore dans sa tombe, si sa tombe c'est mon corps. S'il se retourne encore, c'est que je ne suis pas morte. Je suis folle mais pas morte. Je ne suis pas non plus complètement folle. Le prendre dans ses bras tel quel, ça m'aurait plus intéressée de prendre un autre sujet dans mes bras, on ne m'a pas demandé. Ça peut prendre toute une vie à un écrivain de prendre dans ses bras quelque chose qui ne regarde personne. D'où cette mise en garde qu'il ne faut pas prendre mal, c'est un regret, un dernier, de n'avoir pas pu, écrire d'autres livres que ceux-là, sachant comment vous allez réagir et que votre réaction va me faire souffrir. Je m'égare, j'étais partie du Codec, pour expliquer qu'il n'y avait «plus rien» au moment du Codec, j'ai dû revenir en arrière. Ce n'est pas par défaut d'esprit logique, au contraire. Je vais y venir. Vous verrez, je suis très, très polie, je n'ai pas le choix, je n'ai plus le choix, plus du tout. J'ai dit que j'allais écrire certaines choses, et je vais le faire. Vous verrez, j'irai jusqu'au bout. Comment je suis devenue folle, vous allez le comprendre, j'espère. Et si ça ne suffit pas, je ferai d'autres livres encore. Plein d'autres. Et à la fin, tous les lecteurs auront compris. Ça me prendra peut-être jusqu'à la mort, mais à la fin vous aurez tous compris comment je suis devenue folle. Tous. Je vous le promets, c'est une promesse. Elle sera tenue. Ce n'est pas une digression que je fais depuis le début du Codec. Je l'aurais mise entre parenthèses sinon. Ce n'est pas une digression, j'y viens. Donc. Nancy. J'y reviendrai peut-être. Ce n'est pas un plaisir d'en parler, moi pour qui la parole a été un tel plaisir. Une telle jouissance. J'entends déjà, je lis déjà : Christine Angot, la douleur, la douleur d'écrire, pas le plaisir. D'où : Merde. Donc, Nancy, ça reprend pour quelque temps, quelques temps brefs. Heureusement. Bouquet final, chant du cygne, énergie du désespoir, goutte d'eau qui fait déborder le vase. Comme on dit. Une ou deux visites à Nice et ça s'arrête. J'expliquerai comment. J'expliquerai tout de toute façon. Tout. Comment je suis devenue folle à partir de NC, un déclic, j'espère qu'on ne me dira plus comme ça disproportionné, exagéré, ridicule, la goutte d'eau a fait déborder le vase il y a longtemps déjà, le vase entier. La moindre goutte en plus,

175

qui arrive, engloutit celles qui sont déjà tombées du vase, formant au pied une mare, il n'y a vraiment plus de place, plus du tout de place, du tout, pour comprendre que « non, Noël, je vais le passer avec mes filleuls, ma famille, c'est normal, tout le monde, Noël c'est la famille, c'est normal, tout le monde le comprend, tout le monde me comprend, ce n'est pas tout d'un coup parce que tu arrives, que ça change quelque chose, il faudrait parce que tu arrives que je laisse tomber tout le monde ? » Non, ne laisse tomber personne. Va passer Noël avec ta Nadine, et ta Nadine, va la niquer même. J'avais dit que j'allais être polie. Je vais l'être. C'est de repenser qui me fait ça. Je vais me calmer. Les fous ça se calme. Ça s'emballe, il y a des moments de crise, des moments aigus, et puis ça se calme. Ça recommence régulièrement, et puis ça se calme. Il y a des moments de crise. Ce n'est pas grave. C'est quand le vase ne peut même plus déborder. Il n'est pas à ras bord, il est déjà englouti lui-même, le vase lui-même. Le vase lui-même est déjà englouti. Il est déjà noyé lui-même ce vase. Si vous lui rajoutez une louche de Noël, de filleuls, d'immémorial, de famille et de fantôme, de *Chambord*, de cinéma pute, allez, je retire, de sac dans ces cas-là ce qu'on fait ou pas, Catou, et de ça s'est toujours fait, et de c'est un rite, et de c'est pas parce que tu arrives, que ça va changer quelque chose, forcément ça fait une crise. Je vais me calmer. Attendez juste quelques secondes, je vais me calmer. Vous pouvez me faire confiance, je le sais, il suffit que vous ayez juste un tout petit peu de patience. Je vais me calmer. Je suis quelqu'un de poli. Comme me disait hier ma mère « à quatorze ans, tu étais quelqu'un de gentil », « de confiant », et « on pouvait te faire du mal », « tu avais confiance parce qu'on ne t'avait jamais fait de mal », « et donc on pouvait te faire du mal ». J'étais quelqu'un de gentil grâce à elle, qui ne m'avait jamais fait de mal, elle, évidemment. Je n'aime pas beaucoup quand on me dit ça. Qu'est-ce que ça veut dire ? Que, après je ne l'ai plus été gentille ? Que je suis devenue un pénis sadique, c'est ça ? Que ça sous-entend ? C'est ça ? Ou c'est autre chose ? Hein ? Bonbons Kréma ? Bonbons Kréma et aussi autre chose. Autre chose mais quoi ? Hier elle m'a dit « est-ce que tu penses qu'il aurait mieux valu ne pas le connaître ? » Est-ce que j'ai le temps moi de répondre à des questions pareilles ? Est-ce que j'ai le temps ? Il faudrait en plus que je la tranquillise, que je la rassure. Qu'on parle de si elle a bien fait ou non de me le faire rencontrer. Ça ne m'intéresse pas cette

177

question. Merde à ceux qui liront la réponse. Pourquoi ne pas me demander carrément : Est-ce que tu penses qu'il aurait mieux valu ne pas être qui tu es, devenue ? Pourquoi ? Pourquoi carrément ne me posez-vous pas cette question-là ? Pensez-vous, Christine Angot qu'il aurait mieux valu ne pas être qui vous êtes ? Mais autre chose. Pensez-vous Christine Angot, qu'il aurait mieux valu, pour vous (et pour nous bien sûr aussi, sous-entendu), que vous puissiez écrire d'autres livres, peut-être moins négatifs ? Peut-être avec un peu plus de lumière ? Pensez-vous qu'il aurait mieux valu pour vous que vous soyez un bonbon Kréma ? À la fraise, à la framboise, au citron, à l'orange ou à la <u>clémentine</u> ? Parce que toujours, vous, vous public, vous critique, en général, ne pouvez jamais vous empêcher d'écrire le monde en plus-moins, positif-négatif, bon-méchant, bonbon-fiel, intelligent-con, homme-femme, blancnoir. Moi je réponds, je vous le dis bien en face, je vais vous répondre quelque chose : Soyez poli. Bon, je reprends. Ça s'est arrêté à Nice, après une ou deux visites, j'étais adulte, j'avais vingt-six ans. Ça s'est arrêté définitivement, dans quelles circonstances, je n'ai pas le temps d'en parler maintenant. Mais je vais le faire. Le Codec se situe après l'arrêt. Il s'agissait d'arriver à des relations normales. Mon demi-frère et ma demi-sœur étaient enfin au courant de mon existence, ils avaient passé leur bac, enfin, leur scolarité n'étant plus en danger, on pouvait leur dire que j'existais. J'avais vingt-huit ans. Claude et moi avons décidé d'aller à Strasbourg quelques petits jours. Élisabeth y était au début, après il n'y avait plus que mon père et Philippe, mon demi-frère. Ma demi-sœur, que j'avais accueillie chez moi à Nice quinze jours plus tôt, était en Tunisie en vacances chez une amie. Chez la fille d'une amie de sa mère, Élisabeth. Nous dormions Claude et moi dans sa chambre. Je vous passe la visite de l'appartement. L'accueil. Je vous passe aussi la quiche. Élisabeth part à son tour quelque part en vacances. Plus de quiche, plus rien. Le frigidaire est vide. Nous proposons Claude et moi d'aller faire des courses. Mon père nous dit qu'il y a un compte ouvert au Codec. Il nous indique lequel, quel Codec, il nous explique comment y aller, où ça se trouve. (Il sait que Claude sait, sait non pas où se trouve le Codec, mais sait, j'aurais dû le dire plus tôt, ç'aurait été plus logique.) Il nous dit vous ferez mettre sur le compte de Angot. Je me fais préciser comment faire. Il suffit donc à la caisse en arrivant de dire, c'est sur le compte Angot ? Oui, c'est ça. Il suffit de faire ça (Je

179

m'appelle Angot depuis mes quatorze ans, où il m'a reconnue, loi sur la filiation de 72, avant je m'appelais Christine Schwartz, mais ça vous le savez, je l'ai écrit dans presque tous mes livres; ou alors c'est que vous n'avez pas fait attention.) Donc, nous faisons les courses, je nous revois Claude et moi dans ce Codec. Mouchi m'avait expliqué en juillet que son rêve quand elle était petite c'était d'être emballeuse chez Codec, elle adorait emballer. Humour, comme c'est mignon les enfants. Tellement mignon, vu la classe sociale, c'est vraiment trop mignon. Y a-t-il en Tunisie où elle passe ses vacances des Codec? Comme on dit, trêve de plaisanterie. Je nous revois tous les deux faisant les courses, emplissant un Caddie, arrivant à la caisse. Nous déposons les choses sur le tapis roulant, et je précise « sur le compte de Angot s'il vous plaît ». À ce moment-là, une espèce de voisine, une espèce de bonne femme derrière, une amie d'Élisabeth, une bourge comme elle, joueuse de tennis, comme elle, sûrement, une femme de profession libérale ou d'intellectuel travaillant dans les organisations internationales, comme elle, s'interpose (comme elle), et dit (comme elle): « mais vous ne faites pas partie de la famille, qui êtes-vous? » Comme une conne que j'étais encore à l'époque, je réponds « je suis sa

180

fille ». Elle répond qu'elle connaît très bien Élisabeth et très bien aussi les enfants, que je ne suis, elle le regrette, ni Philippe ni Mouchi, qu'elle les connaît, il se trouve qu'elle les connaît, il se trouve que je n'ai pas de chance, qu'elle se trouve dans la file derrière moi, et que je ne vais pas pouvoir avec mon petit copain gruger les Angot comme ça. Il se trouve qu'elle est là. Que non. Je ne vais pas pouvoir. Alors on fait les paquets. Très vite, on met tout dans des sacs, très vite. Je ne peux plus entendre cette bonne femme. Les filleuls, on les connaît les filleuls, et depuis longtemps, Léonore, on n'a jamais vu sa tête, ou ça fait même pas un an, ça fait quoi un an, ça fait juste un an. On court jusqu'à la voiture avec nos paquets, je ne veux pas pleurer devant eux, les gens de la boutique. Alors on court jusqu'à la voiture, oui comme des voleurs. On court exactement comme des voleurs. On ferme et je pleure. Mais le gérant, qui a été informé, est sorti du magasin et il a couru derrière jusqu'à la voiture, et il frappe aux vitres, du côté de Claude. Je lui dis : vite, démarre. Il démarre très, très vite. Heureusement. On arrive chez mon père, il est au téléphone avec le gérant. Il calme le jeu. Il dit qu'il connaît cette femme, mais qu'elle ne connaît pas toute la famille, non, tout est normal, il rassure

181

le gérant. Il me dit que ce n'est pas grave, que tout va bien.

J'ai vingt-huit ans, personne ne sait dans la ville qu'il a un enfant, en plus des deux autres, un enfant de plus, une fille plus grande, que c'est moi, et que j'ai fini par m'appeler Angot comme lui. À propos de reconnaissance, quelque chose que je voudrais dire :

Tant pis

Hier, conversation avec ma mère, je parle de ce qui se passe. Elle me pose sa question, « aurait-il mieux valu... ? » D'une phrase de sa sœur qui l'a choquée au téléphone « il se rajoute un embêtement, comme s'il n'avait pas assez d'embêtements comme ça il va avoir un autre enfant ». Ma mère pense à ce petit bébé qui va naître, qui n'y est pour rien. Ma tante, le mal elle l'a subi elle le répète, je lui explique, c'est classique, comme mon père, qui a dû subir je ne sais quel mal, prend le dessus à son tour et au bout du compte perd la tête. Ma mère fait : eh bien je vais te dire : tant pis. Non, pas tant pis. J'explique. Je n'ai ni haine ni amour. Elle croit comprendre et me dit « oui, c'est ça (sous-entendu « comme moi ») l'indifférence ». Non, ni haine, ni amour, ni indifférence, c'est mon père, ni pardon, ni indifférence, ni bien sûr amour : reconnaissance. Voilà, c'est ça, la reconnaissance. Il ne m'a pas reconnue, mais moi je le reconnais. C'est mon père, je le reconnais. Je reconnais que c'est mon père. C'est mon père incestueux je le reconnais. Je suis sa fille incestueuse, il est mon père incestueux, je le reconnais, il ne m'a pas reconnue, mais moi je le reconnais. Léonore est sa petite-fille, ç'aurait pu être sa fille, ça va.

Digression, je vous raconte un rêve

Léonore est sa petite-fille, ç'aurait pu être sa fille, ça va. Ouf. Voilà ce que je viens d'écrire. Et la semaine dernière, voilà le rêve que j'ai fait. Petit retour en arrière. Claude et Judith, la fille de mon psychanalyste, de Reims, Jean-Claude Brot, il y a longtemps, plus de quinze ans, Claude et Judith, elle est blonde, elle a environ vingt-cinq ans, sont attirés l'un par l'autre, ils en ont parlé, c'est une question de temps. J'en étais sûre dès que j'ai su qu'elle faisait ses études de médecine à Montpellier, elle veut être comme papa psychanalyste, elle a rencontré Claude, elle me lit, elle sait qui je suis, j'ai structuré son père en tant qu'analyste, j'ai été la plus importante de ses analysants. Donc ça se précise. Le nouvel an arrive, ils sont attirés, il paraît qu'elle lui dit des « choses fortes ». Mais quand elle a une émotion, elle la refoule. C'est un de ses problèmes. Mais sur mon dos on trouve plutôt son compte. On se donne le frisson de l'inceste sur mon ventre. J'ai des frissons, j'ai un frisson. C'est un enchaînement de vache-qui-rit qui vous mène directement aux toilettes avec l'envie de vomir. J'ai rêvé, il y a quelques jours, que Claude et Judith avaient un enfant, sous une forme dégradée l'enfant de l'inceste va bientôt exister. Oui, oui, les rapprochements sont toujours lourds. Oui, oui. Oui. Oui... Pas tant pis, non pas tant pis. Je ne me contente pas de le dire le rejet du monstre je le vis. Je le vis, et dans la nuit souvent. J'ai passé une sale journée. J'en profite pour dire à Jean-Claude Brot, s'il lit ce livre, qu'il ne devait pas parler de moi à ses enfants, c'est une grosse faute. Même en disant « la jeune femme », ils ont pu me reconnaître, la preuve. Il fallait qu'il en parle dans des groupes de travail, qu'il se débrouille. Il devrait me rembourser mon analyse, parce qu'il a tout gâché, pipelette. Je ne suis pas un sujet de discussion. Ni d'excitation. J'avais pensé vous téléphoner monsieur Brot, mais honnêtement, est-ce que je peux passer ma vie à recadrer tous ceux qui font des conneries ? Je vais finir dans un océan de boue. J'écris ce sera tout. Mon ambition : à quel point je suis limitée, juste l'écrire. Je vous entends d'ici : alors ça, Christine Angot, on ne vous le fait pas dire. Effectivement.

Tant pis

Bonbon Kréma, jardin public, palets au cho-
colat, avec noisettes, entières, rue Grande, mon
petit copain Jean-Pierre, Chantal Ligot, ma
brouette, notre magasin, qu'on avait fait dans la
cave, pas la cave, une sorte de maison abandon-
née attenante, avec des vitres cassées, la tourelle,
la grosse porte en bois qu'on n'ouvrait pas.
Mais aussi autre chose. Plus tard. À partir du
moment où je me suis appelée Angot. Est-ce
que tu penses qu'il aurait mieux valu finalement
que tu ne t'appelles jamais Angot. Philippe Sol-
lers : Angot, au dix-huitième siècle, c'étaient des
femmes prêtes à tout pour réussir, on appelait
ça une Angot. Le Codec, c'est fait. Le Touquet,
je vais le faire, ça ne m'amuse pas. La sodomisation non plus. Rien ne m'amuse. La voiture, le
sucer dans la voiture, lui manger des clémentines sur la queue, tendue, les pharaons
d'Égypte, le jour où on n'est pas allés à Carcassonne. Nancy, j'en ai déjà dit pas mal. Qu'est-ce
qu'il y a d'autre ? Je réfléchis. Il y a l'adret et
l'ubac. Avec Mozart dans la voiture, en Isère,
où on avait loué huit ou quinze jours une maison dans un petit village. Il me montrait l'adret
et l'ubac de chaque côté de la route, avec une
cassette de Mozart, ou d'Albinoni. Ç'avait été
l'enfer. Les clémentines c'était là. L'entendre

pousser, c'était à Londres dans un hôtel, à la période de Pâques, près de Marble Arch. Les restaurants, trop de restaurants. Trop de restaurants et d'hôtels, énormément de visites d'églises, de cathédrales, de points intéressants, y compris physiques, géologiques, géographiques, en Isère justement une résurgence. Tu sais ce que c'est une résurgence ? Et on était allés voir la résurgence. Le guide d'Isère, c'était son père qui l'avait concocté, quand il travaillait chez Michelin. Ni de la haine, ni de l'amour, ni de l'indifférence, de la reconnaissance. Ce n'est pas dans mon Châteauroux merdique, que j'aurais vu des résurgences, dans le milieu de ma mère, du moins le milieu où était née ma mère. Ni que j'aurais appris à parler allemand sur le coin d'une table de café, ni que j'aurais eu 19 sur 20 au bac en latin, à force d'étudier à fond, les deux premières phrases d'une version.

Le Touquet

Vacances de Pâques. Souvent Pâques. C'est au Touquet pour la première fois, qu'il s'est aventuré jusqu'à mon sexe. Jusque-là, on en restait à la bouche, aux bras, aux cuisses sans doute, j'imagine, aux baisers, beaucoup de baisers. Aux câlins au sens large. Au Touquet il a de fortes migraines. Nous sommes dans un hôtel du centre du village, qu'il a dû repérer très certainement par le guide Rouge. Que j'utilise pour moi-même d'ailleurs toujours, c'est génial. De la reconnaissance. Je ne sais pas ce qu'il a, il veut absolument qu'on aille voir *Mon nom est personne*. Avec cet acteur aux yeux bleus, dont le nom m'échappe, Terence Hill ? Terence Hill. C'était toujours lui bien sûr qui choisissait les films. C'est comme ça que j'ai vu *Aguirre, la colère de Dieu*, ce n'était pas du tout de mon âge. Ou un film avec Alain Delon et Senta Berger, on la voyait nue, on lui voyait tout le temps les seins, je me rappelle comme j'étais gênée. Et qu'il la trouvait jolie. Et j'étais jalouse, j'étais vraiment une conne. Ce qui s'est passé, je le méritais, j'étais conne. Conne, con, sortir du con, déconne, pour m'expliquer qu'il ne fallait pas le dire, par respect pour les femmes, qu'il fallait être poli. *Aguirre, la colère de Dieu*, je ne peux pas penser à Klaus Kinski sans penser à mon père, je ne peux pas penser à Nastassja Kinski sans penser qu'elle a eu des relations incestueuses avec son père, je ne peux pas. Nous nous promenons, nous allons dîner, déjeuner, il me montre un dimanche midi des homosexuels et m'explique leur façon de faire, anale. J'apprenais tout ça d'un coup. Je ne trouvais pas ça bien *Mon nom est personne*, je ne comprenais pas pourquoi il m'emmenait voir ça. Il lisait la presse. Tous les jours, il fallait trouver *Le Monde*. Tous les jours. Il le lisait tous les jours. Il me conseillait de faire la même chose. Il lui arrivait de le lire au restaurant en face de moi. De m'en proposer une page. Je n'étais pas toujours aussi intéressante sûrement à regarder. Il m'avait vue de près une heure plus tôt ça suffisait, et il me reverrait. Quand je ne m'ennuyais pas, c'était épuisant. Les discussions intéressantes étaient épuisantes. Chez moi, c'était un monde totalement différent, à Reims, Champagne. Au Touquet il avait eu beaucoup de maux de tête. Il avait souhaité rentrer se reposer à l'hôtel, dans le noir. (Quand Marie-Christine m'a dit qu'elle voulait rentrer après le cinéma dimanche, ça doit être ça, j'ai eu de nouveau une crise. Parce qu'elle voulait rentrer parce qu'elle était fatiguée, et que moi j'aurais préféré rester me promener. Elle ne peut pas comprendre, et aujourd'hui mardi 22, elle part ce soir à Paris chez Nadine, on s'est séparées hier par téléphone, ce n'était pas la définitive, la définitive a eu lieu un peu plus tard.) Il me demandait de venir avec lui, ce serait gentil. Je voulais absolument être gentille, je voulais vraiment lui plaire, je voulais qu'il me trouve bien. Il ne me protégeait pas du tout, je ne me rappelle pas une seule fois tendre, par exemple. Par exemple, je

188

me suis fait mal quelque part, il me prendrait le bras et ferait un bisou sur l'endroit. Non. Ou il remonterait les draps sur moi pour que je ne prenne pas froid. Jamais. Ma mère c'était tout le contraire. Elle ne me disait jamais que j'étais extraordinaire, je n'étais jamais extraordinaire (*Sujet Angot*, le narcissisme dont on m'a accusée, ce n'est donc pas de ma faute), mais elle me remontait beaucoup les draps sur les épaules, oui. Beaucoup. Beaucoup de soins pour moi, comme une mère. Il avait des maux de tête, et il avait envie de se reposer dans le noir, dans sa chambre, les volets fermés, le moins de lumière possible, et si possible mes mains, ma main sur son front. J'étais très, très gentille. J'étais vraiment très gentille, il appréciait beaucoup, ça lui faisait un bien, je ne me rendais pas compte le bien que ça lui faisait. C'était tellement horrible les maux de tête. Ça lui faisait énormément de bien. Merci. Merci. Comme ça lui faisait du bien, comme c'était bon, comme j'étais gentille. Il n'y avait rien d'extraordinaire, ce n'était pas compliqué, j'étais allongée sur le lit à côté de lui, les volets étaient fermés, ça me déplaisait. Il faisait beau, je trouvais ça moche de rester enfermée, pendant les vacances de Pâques auprès de mon père. Et puis, je suppose, qu'il a fallu aller sous les draps, à un moment donné, il a dû le proposer. C'est allé plus loin, il m'a touché le sexe au Touquet. Il a dit : tu sais pourquoi c'est mouillé ? Parce que tu aimes. Je regrette d'avoir découvert la mouillure dans une telle circonstance.

Il y a eu une promenade. Nous étions venus en avion. Nous n'avions pas de voiture sur place. Il venait de passer son brevet de pilote. Il avait loué un avion et nous étions venus de Reims en avion, lui de Strasbourg. Je pouvais le raconter à l'école à Véronique dans la cour. Il me demandait le nom de famille de Véronique, avec l'orthographe, il m'en faisait l'étymologie, son lieu d'habitation, la profession de son père, viticulteur, le champagne Foureur. Nous nous promenons dans la forêt autour du Touquet, la forêt de pins, les alentours sont pleins de belles maisons. Il écrit des articles dans sa spécialité, la linguistique, et il a un livre en chantier. C'est un admirateur de Champollion, il s'intéresse de très près à l'ibère, ça deviendra son grand œuvre. Il a écrit un article sur la prononciation du *w* en français. Les gens croient que c'est *v*, à cause de wagon, c'est oueu, la règle de prononciation en français. Wagon c'est justement une exception, d'origine allemande, Wagen, der Wagen. On passe devant les maisons, toutes plus belles les unes que les autres, il plaisante, il a le cœur à plaisanter : celle-là, c'est cinquante mille exemplaires. Celle-là, oh celle-là, c'est bien cent mille. Il faudrait que j'écrive un roman policier pour celle-là, plaisante-t-il. Moi qui n'avais jamais rien vu, je ris, fascinée. Ça ne se vendra peut-être pas beaucoup, ce sont des sujets difficiles, linguistiques, ça n'entamera pas la qualité. Celle-là, oh deux cent mille. Un million. Un million et demi. Celle-là, cinquante mille. Un million. Deux millions. Cent cinquante mille. Nous rions. Nous venons d'aller voir les avions.

La serrure

Vacances de Pâques un an plus tard. À Strasbourg dans l'appartement familial. Ils sont tous en vacances. Mes vacances à moi c'est leur appartement vide. Je dors dans la chambre des parents avec mon père, dans le grand lit conjugal. Je vois la chambre des enfants, leur petit univers. Ils sont beaucoup plus jeunes que moi, huit et dix ans de différence ou six et neuf. Ils ne me connaissent pas, ils ne connaissent même pas mon existence. Oui je sais, je l'ai déjà dit, laissez-moi le répéter si j'ai envie. C'est pour une semaine. C'est long une semaine. Nous sommes habitués à des week-ends, parfois longs. Il travaille. Je ne sais pas m'occuper d'une maison. Je ne sais pas comment on fait. Je sais faire deux-

191

trois choses, j'ai deux-trois habitudes, je vois comment fait ma mère, mais les réflexes je ne les ai pas. Il travaille. Je suis en vacances, pas lui, il rentre pour déjeuner et le soir. Je m'ennuie, je regarde la maison, la décoration, les goûts d'Élisabeth, dans l'ensemble c'est mignon. Ma mère me dira au retour « je n'aime pas ce qui est mignon ». Dans la salle de bains, elle a un pot en verre assez grand plein de colliers fantaisie, un autre plein de cotons. Il y a des casiers d'imprimerie où sont rangés des bibelots minuscules. Ce n'est pas l'appartement que j'ai connu avec Claude par la suite (au moment du Codec quand il n'y avait plus rien), un grand duplex, très grand, avec des terrasses, à deux pas de l'Orangerie, ce grand jardin qu'il adore, qu'il explique. Il explique tout. L'ibère, le latin, l'Orangerie, l'étymologie, l'allemand, la prononciation du *w* en français, la politique, le racisme, les animaux, le nom des plantes, tout, les pharaons d'Égypte, l'origine des langues, les familles de langues, Noé, Sem et compagnie, l'indo-européen, l'hindi. Tout est clair. Le matin, nous prenons le petit déjeuner dans la cuisine. À midi il rentre. Il voit le lait pas rangé, la bouteille de lait, j'ai oublié de la ranger, je ne sais pas que le lait ça tourne ? Que c'est imbuvable si on ne le garde pas au frais ? Il pique une

192

colère. Ses arguments n'en finissent pas. Et surtout la serrure :

Nous sortons, c'est l'heure du déjeuner. La porte se referme derrière nous, qui sommes sur le palier, les clés sont restées à l'intérieur. Je me fais engueuler. Je ne suis quand même pas responsable des clés ? Là n'est pas la question. Pourquoi ce serait moi, uniquement moi la responsable ? Ce n'est pas spécialement moi qui devais fermer. Je n'en peux plus. Qu'est-ce que c'est que ça ? Pourquoi c'est moi qui me fais engueuler ? Là, je ne comprends pas. Là n'est pas la question. Bien sûr que c'est toi qui es responsable. Tu ne sais pas que, quand on est chez des gens, quand on n'est pas chez soi, on entre toujours le second, après le propriétaire de la maison, qui ouvre la maison et le passage au visiteur en même temps, qui peut entrer alors seulement. Toujours. C'est une règle de politesse élémentaire. Je suis étonné que tu ne la connaisses pas. Et à l'inverse, quand on sort de la maison, on sort en premier, pour permettre au propriétaire de fermer la marche et sa maison derrière tout le monde. La loi de l'hôte et de l'invité, il est incollable. Il est incollable sur les usages, comment ouvrir, comment fermer ? Comment passer devant une personne plus âgée ? Le propriétaire a le premier contact avec la porte quand on entre, et le dernier contact avec la porte quand on sort. Il va falloir trouver un serrurier. Tu crois que ça m'amuse. Ça coûte une fortune. Je ne pourrai pas en avoir un avant quatorze heures. Il n'y a qu'une chose à faire, sortir, aller se promener, contraint et forcé, les clés à l'intérieur et l'argent, le portefeuille, tout. Moi : Mais pourquoi toi, tu es sorti, puisque tu avais encore des choses à prendre ? Moi, j'ai cru que tu avais fini. J'ai cru que je pouvais sortir, puisque tu étais sorti ? Même si je ne savais pas cette règle de politesse, non je ne la connaissais pas. Je me suis rendu compte qu'il ouvrait la marche dans mon corps en propriétaire bien après. J'ai cru que je pouvais sortir, je ne pouvais pas deviner que tu n'avais pas fini. Bien sûr que je n'avais pas fini, je n'avais pas fini puisque je n'avais pris ni argent ni clés, et toi tu sors et tu claques la porte, c'est toujours, toujours, toujours, toujours, le propriétaire, l'occupant qui le fait, ça, fermer la porte de chez lui. Tu ne devais pas le faire. Je ne comprends pas que tu ne connaisses pas cette règle de politesse, là, de base, élémentaire. Maintenant le serrurier, la serrure, ça coûte une fortune. (Il n'aurait jamais dit la peau des fesses.) Une fortune. Il est dans une très très très très très très très très très très très très, très grande colère. Je voudrais fuir. Je

194

voudrais pouvoir fuir. Je voudrais voir ma mère. Quand je suis rentrée j'ai failli lui dire. Je me revois à la gare. Je lui ai dit « ç'a été horrible ». Mais quoi? Son caractère. J'ai répondu son caractère. Elle m'a dit qu'elle savait, qu'elle le connaissait, qu'elle n'était pas du tout étonnée. Que une semaine ça devait être trop long sûrement. C'est la première fois que je laisse passer ma déception mais pas sur la vraie serrure disons. Errer avec lui deux heures dans les rues, ç'a été horrible, en attendant de pouvoir appeler un serrurier, dans des quartiers où tout était fermé, dans des quartiers résidentiels, où de toute façon il n'y a rien, il n'avait pas les clés de la voiture, rien, on ne pouvait même pas changer de quartier, il retravaillait l'après-midi, il serait en retard, ce n'était pas le plus grave, mais la bêtise d'être enfermé dehors à cause de toi, et d'avoir tous ces soucis dont je me serais bien passé, et la fortune que ça coûte de faire venir un serrurier.

La gare de l'Est

Je cite cet exemple, mais la même chose s'est passée dans d'autres lieux. Là, je revois bien. J'ai été pour une raison X insupportable, j'ai eu mauvais caractère, je l'ai irrité, pour une raison X j'ai été insupportable, j'ai exagéré, j'ai dit quelque chose de désagréable, je ne sais pas, je ne sais plus, il en a assez. Il comptait passer plusieurs jours avec moi, eh bien non. Ça suffit. Nous devions rester ensemble jusqu'à dimanche, eh bien non ça suffit. Est-ce que je crois que ça l'amuse de rentrer jusqu'à Strasbourg en voiture, alors que je ne me plaigne pas. Inutile d'insister, là, il ne peut plus rester. Il est dans un état de nerfs tel, que ça suffit. Là maintenant. J'ai quatorze ans ou quinze ans. Je suis jeune, je suis petite même encore. Pour attendre dans une gare un prochain train pour Reims, et il fait froid. Pour rejoindre ma mère, en espérant qu'elle n'aura pas fait un autre projet. C'est mon père, mon père voulait me voir, mais il s'est lassé, il a envie de rentrer, il rentre, il a pris sa voiture, il est parti, il n'a pas regardé les trains, il m'a laissée à la gare de l'Est, avec mon sac, il m'a donné de l'argent pour acheter un billet. Il n'a pas proposé d'attendre avec moi, les deux heures ou trois heures ou quatre heures, qui me séparent du prochain train, il fait froid dans la gare, il y a des sièges en plastique sur le côté gauche où des gens sont assis, personne n'attend aussi longtemps que moi. Il ne pouvait pas attendre avec moi, il a besoin de rentrer, Strasbourg ce n'est pas la porte à côté, tout de suite. Plantée, pour mauvais caractère ou phrase de travers, seule. Angoisse, pleurs, je me cache, j'ai mon sac. Heureusement que j'ai mon sac. C'est la seule chose amicale dans cette grande gare mon sac.

Il y a eu aussi le voyage à Carcassonne où on n'est pas allés, il y a eu des tas de promesses non tenues. Le voyage à Rome c'est un peu la même chose. Le rater, le saboter. Saboter la vie, bousiller. « Cela bousille la vie d'une femme », comme disait l'autre dans *Interview*, oui. Gagné, bonne réponse, bonne supputation, bonne pioche, bonne question, bonne accroche. Oui, c'est ça. Oui, c'est vrai. Oui, cela bousille la vie d'une femme. Cela bousille une femme, même, on pourrait aller jusqu'à dire. C'est un sabotage. Oui, on pourrait le dire comme ça. Ce livre va être pris comme un témoignage sur le sabotage de la vie des femmes. Les associations qui luttent contre l'inceste vont se l'arracher. Même mes livres sont sabotés. Prendre ce livre comme une merde de témoignage ce sera du sabotage, mais vous le ferez. Cela bousille la vie d'une femme, cela bousille la vie d'un écrivain, mais ce n'est pas grave comme on dit.

Rome

Contrairement à ce que vous lirez à la fin, nous y sommes allées. J'en parle maintenant à cause de sabotage, c'est plus logique. J'ouvre une parenthèse pour y insérer ce qui s'est passé

197

après la fin du livre. Je ne savais pas que nous irions à Rome quand j'ai écrit la dernière page. J'en suis revenue maintenant et j'ai fini. Comme convenu, Marie-Christine est partie le 22 décembre pour Paris. Cela a provoqué de très fortes crises d'angoisse à nouveau. J'ai été de nouveau dans des états insupportables. Je ne veux pas y revenir. Nous avons rompu juste avant son départ le 22, cette rupture semblait crédible, il y avait encore un espoir, mais très faible. J'attendais Frédéric pour le 24 au matin. Marie-Christine devait rentrer le 25 par l'avion de midi et demi. Elle souhaitait que l'on fasse Noël ensemble ce jour-là, avec Frédéric, mes parents et bien sûr Léonore. Même si on était séparées, même si la rupture se confirmait, ce n'était pas grave, on pouvait quand même faire Noël ensemble. J'ai été infernale, j'ai exagéré, encore, les deux dernières pages, que je venais d'écrire le matin du 22, je lui ai lu au téléphone. Elle a fait une otite, à Paris, avec interdiction de prendre l'avion, si la fièvre baissait, le train éventuellement. Je suis allée la chercher à la gare avec Léonore le 25, elle avait ses cadeaux de la veille, un pantalon Jil Sander dans un sac, il y avait aussi des housses de couette, des disques, les cadeaux de vingt-cinq personnes. Elle était sourde d'une oreille. Elle avait envie que je sois douce et gentille avec elle, je ne l'ai pas été, au contraire. Finalement Noël s'est bien passé, très bien passé même. Mais ça a recommencé le lendemain. On ne voulait pas partir à Rome. Quand elle voulait, je ne voulais plus. Quand je voulais, elle ne voulait plus. Le délire a continué, la violence s'est même intensifiée. On n'est pas parties, le dimanche comme on devait, la nuit d'hôtel nous a quand même été facturée. Finalement on est parties, mais plus tard, le mardi. On s'est fait piquer six cents balles à l'aéroport, tout a été un gros gâchis. J'ai été pendant les six jours de Rome une fontaine. J'ai pleuré dans la rue, au restaurant, partout, sur un vélo qu'on avait loué. De nouveau elle a failli me taper, j'ai dit « non, je t'en supplie ». Elle ne l'a pas fait. Ç'a été horrible quand même. On s'est vraiment séparées au retour. C'est fini. Et cette fois, c'est définitif. Ç'a été le sabotage sur toute la ligne. On avait la chance d'être à Rome et on avait des gueules de mortes. Un jour, elle me dit, « viens, je vais te faire un cadeau, je vais t'offrir un vase Venini », j'ai fait exprès de la perdre dans la rue. Dès que je l'ai eu perdue, j'ai couru affolée. Je ne pouvais pas la retrouver. Les rues étaient noires de monde. Je suis allée au magasin où on avait vu les vases, je suis allée chez Prada, je suis retournée à l'hôtel je suis

199

allée dans un autre magasin possible, elle n'était nulle part, les rues étaient noires de monde, je pensais qu'elle était allée faire du vélo pour se débarrasser de moi. C'était notre dernier jour à Rome, et notre dernier jour tout court. Je suis rentrée de nouveau à l'hôtel, elle n'y était toujours pas. J'ai laissé un mot : Je te cherche, je suis allée là, là, et là, je ressors mais je reviens. Je suis allée dans un restaurant qu'on aimait bien, elle n'y était pas, il faisait un temps magnifique, on n'en profitait pas, on ne profitait de rien. Rome était bousillé comme ma vie. Le Venini, j'en avais tellement envie, bousillé aussi. Ça devait être mon cadeau de Noël. Le restaurant ensemble, saboté. Claude, Judith et leur enfant me bouffaient le paysage, je faisais des cauchemars, je prenais le petit déjeuner écœurée. Je suis rentrée à l'hôtel, elle n'y était toujours pas. Je me suis allongée sur mon lit. Des sanglots sortaient. On avait deux lits. Elle est rentrée vers trois heures et demie, j'étais tellement heureuse que je n'y croyais pas. Mais ça a recommencé. Avant le Venini on allait passer chez Prada, juste pour voir, on y a passé les deux heures qui nous restaient, c'était plein de monde, d'étrangères, de Japonaises, on m'a parlé en anglais, j'ai fait mon Pierre Angot « I'm not english nor american », j'étais idiote, conne, déconne, bête, Élisabeth, coquine, impertinente, stupide. En ce moment je m'insulte tout le temps, mon narcissisme en a pris un sacré coup dans cette histoire d'inceste finalement. Marie-Christine était assise par terre, elle en avait marre. J'ai fini par prendre des chaussures, qui me font mal, je ne pourrai jamais les porter. Alors que j'avais envie d'un joli vase Venini, à l'image de ma vie si elle avait tenu ses promesses du début. On n'est donc plus ensemble. Je ne suis plus avec personne. Je crois que ce n'est plus la peine.

Elle ne veut plus me voir, elle m'a dit qu'elle avait failli plusieurs fois se suicider. Elle me dit qu'elle pense à elle en premier, qu'elle doit sauver sa peau. Qu'il y a eu des conséquences très graves. Tout pèse sur mon dos. Au début de la rupture j'étais calme, et puis samedi j'ai eu de nouveau une très grosse angoisse. Avec coups de fil, gifles à moi-même et hurlements, des coups de fil innombrables à Marie-Christine Pour finir enfin par appeler hier, enfin, il faut être complètement soûl pour appeler hier. J'ai appelé Philippe hier, mon demi-frère. Il avait un .on dégagé, il ne savait pas qui croire, son père lui en avait parlé, il avait dit que je fabulais. Bon, allez, peu importe. J'en ai vraiment ras-le-bol de parler de tout ça. Je suis contente que le livre soit fini, contente. J'ai déjà la première phrase de mon prochain livre. Ce sera : « Je ne vais pas passer mon temps à appeler Philippe Angot, chef d'entreprise en pièces détachées pour voitures anciennes. » Ce sera la première phrase d'une très longue réponse à une interview imaginaire sur l'art. L'écriture, l'art, ce que je disais sur les limites, tout ça. *L'inceste* est vraiment le livre où je me présente comme une grosse merde, tout écrivain doit le faire une fois, après on verra. Ou peut-être le faire plusieurs fois, ou peut-être ne faire que ça. Écrire c'est peut-être ne faire que ça, montrer la grosse merde en soi. Bien sûr que non. Vous êtes prêts à croire n'importe quoi. Écrire ce n'est pas une seule chose. Écrire c'est tout. Dans la limite. Toujours. De la vie, de soi, du stylo, de la taille et du poids.

Depuis la rupture, j'ai reçu deux lettres de Marie-Christine. C'est dur de ne plus la voir. Hier je l'ai juste aperçue, elle m'a juste conduite chez mon psychanalyste à neuf heures du soir, pour la deuxième fois de la journée, c'était la nuit, il faisait froid, je lui ai demandé si elle acceptait de m'accompagner. Je m'attendais à un refus, pour sauver sa peau, elle ne veut vraiment plus me voir du tout. Elle a accepté, est venue me chercher à neuf heures et à dix heures elle m'a ramenée. J'aurais bien aimé passer un petit peu plus de temps, mais elle ne veut plus, elle dit que je la mets trop en danger. Je ne sais pas si c'est vrai. Tout est toujours de ma faute. Il faut en prendre et en laisser. Depuis la rupture elle m'a écrit deux lettres :

6 janvier 99 Christine Un jour après l'autre ; bien sûr je suis triste seule sans toi c'est très dur d'aimer quelqu'un avec qui l'amour est impossible je crains que cet état de tristesse ne dure. Je pense à toi si souvent. Tout me ramène à toi à nous et je ne peux plus dire nous MCA

7 janvier 99 Christine Un jour qui suit un autre jour, une heure après l'autre, ne pas penser plus loin que cela se concentrer sur le moment ne pas penser que ton corps est loin du mien que ce soir tu ne seras pas dans mes bras que je n'irai pas dîner avec toi, au cinéma avec toi, en vacances avec toi que je ne ferai pas l'amour avec toi que je ne verrai pas ta nuque tes yeux J'ai dans mes yeux les tiens Dimanche soir tristes affolés Ne sachant plus que faire trop d'espoir trop de désespoir je ne sais plus comment faire pour ne pas penser à toi sans arrêt Je sais pourtant que je dois tenir jour après jour essayer de recommencer à vivre à espérer mais espérer quoi aller vers où Je pense trop à toi MCA

Quand je suis montée dans sa voiture hier soir à neuf heures, il faisait bon, il y avait de la musique, c'était *La Bohème la bohème*, d'Aznavour. J'étais dans un petit habitacle bien chaud, mais juste le temps du trajet. C'est vraiment, vraiment, vraiment fini.

On ne va pas s'apitoyer. Je ne vais pas passer mon temps à appeler Philippe Angot, chef d'entreprise en pièces détachées pour voitures anciennes. Mais je ne vais pas non plus me complaire dans le mielleux. Donc :

Avec Marc

J'ai seize ans. Marc en a trente. C'est un ami de ma mère, il devient mon premier amant, il est indien d'origine, ingénieur chimiste chez Henkel. Il voit mon père, il lui dit qu'il faut arrêter, la sodomie, il me dit que ça peut être dangereux pour moi. Il en parle à mon père. Nous allons au cinéma un jour tous les trois, je suis chez Marc et mon père à l'hôtel, je ne suis pas avec. Mais au cinéma, un film avec Charlton Heston de science-fiction, *Soleil vert. Soleil vert.* Je caresse leurs deux queues car je suis au milieu d'eux deux. C'est mon pire souvenir de tout. Je fais ça pour ne pas rejeter mon père, il se sent déjà tellement rejeté à cause de moi qui suis avec Marc et qui en plus ai dit le secret. Je déteste parler de ça. Je ne pourrai pas le raconter à Marie-Christine, c'est trop sale. Même entre ses bras. Même si elle me dit que ça ne la dégoûtera pas. J'ai fait un beau lapsus plusieurs fois. Je citais une phrase dans *Les Autres*, la phrase des petites Arabes, elles disent « car les gens qui écrivent les dégoûtent presque tous », je le dis à l'envers : car les gens qui dégoûtent écrivent presque tous.

Sodomie

C'était un village en Isère. Ça a dû se passer là. Il a cherché une pharmacie assez loin pour trouver de la vaseline, il en a trouvé. Il n'en a pas cherché avant d'essayer, mais après. Je me plaignais. Il me faisait valoir ma chance, très peu d'hommes le faisaient, ce serait peut-être une de mes rares chances ou même peut-être la seule de ma vie de connaître ça, cette sensation que certaines femmes, que beaucoup de femmes adorent, et se plaignent que le mari ne le fasse pas d'ailleurs, ni leur amant la plupart du temps.

Arrêter

Je lui demandais d'arrêter. Je lui disais que je ne voyais pas les avantages, et j'avais peur d'être perturbée, très peur, les avantages, il les voyait : au contraire, tu vois ce que c'est un homme qui t'aime. Je portais un pull que j'aimais beaucoup en Isère, écossais à col roulé, rouge et beige. Lui aussi l'adorait, pourquoi? Parce que mes seins étaient mis en valeur. Ce pull que j'adorais me dégoûtait, j'aurais préféré qu'il aime juste le pull. Il avait pris des photos.

La montre
Grenoble n'est pas loin. On n'est pas loin de mon anniversaire non plus. Mon anniversaire n'est pas pour lui une date qui compte mais nous sommes tellement près, il va me faire un cadeau, on le cherche ensemble, c'est une montre en argent, avec un bracelet rigide en argent aussi.

Les clémentines
Il a fait des courses. Il est nu. On ne sort quasiment pas de cette maison d'Isère. Mais nous faisons des balades, il aime beaucoup la nature, il aime beaucoup le calme, il aime se promener dans la montagne et dans les chemins. Quand on rencontre quelqu'un, il dit bonjour clairement. C'est poli. Ça se fait. Il le fait. Il faut que je le fasse aussi. Il faut que je sois polie. Il met des clémentines sur son sexe pour que je les mange. C'est dégoûtant, dégoûtant dégoûtant dégoûtant.

La nourriture
J'ai fait sa connaissance au Buffet de la gare de Strasbourg. Il avait pris une choucroute. Une

choucroute à midi. C'est la spécialité, elle était bonne paraît-il au Buffet de la gare. Il mangeait beaucoup à midi. Ça me dégoûte les gens qui mangent beaucoup à midi. Il y a souvent des odeurs après. Je déteste les odeurs de bouche liées à la nourriture. Les odeurs de bouche à cause de médicaments ou de fatigue, oui, mais à cause de ce qu'on a mangé, quelle horreur. Le pire étant : l'ail, l'oignon cru, l'échalote, les sauces, la béarnaise, la ciboulette, même la viande, à midi surtout. J'ai découvert les restaurants avec lui, les bons restaurants, les restaurants agréables, à étoiles, je connais bien la signification des signes du Michelin, la différence étoile, couverts. Rouge, noir. Je prenais souvent du saumon fumé. J'ai découvert les cuisses de grenouille. Le saumon fumé, avec toasts, grillés, chauds, tièdes. Parfois quand même la conversation pesait. Et la perspective de la sieste. Quand je suis née, il était maigre, il a eu une période où il a été gros, là, il était moyen. Il ressemblait à Jean-Louis Trintignant en moins beau, il avait le même sourire, les mêmes dents, pas la même voix, la même bouche, les mêmes lèvres, le même genre. La même façon sportswear de s'habiller.

Je ne cherche pas à l'accuser. Les monstres existent seulement dans les contes. Je ne cherche ni à l'accuser ni à l'excuser. Il n'y a qu'une chose qui compte, la marque. Et il m'a marquée.

Les phrases qui accompagnaient les gestes

La semaine à Strasbourg où les autres sont partis en vacances. Je passe les miennes chez eux, ça se passe mal tous les jours il y a de grosses engueulades. Pour le lait, pour les clés. Je me rappelle une phrase. Nous sommes dans la chambre conjugale, « la chambre conjugale », j'ai proposé de dormir dans la chambre de Mouchi, « non, la chambre conjugale » avec une certaine ironie, une pointe, un jeu, tout est drôle. Il est allongé et moi assise au bord du lit. Il me regarde, je suis au-dessus, il me dit « tu es belle, très belle, tu pourras prétendre à de très beaux hommes ». Un tel cadeau, une telle possibilité, avoir de très beaux hommes, jamais je ne l'avais imaginé, jamais je n'aurais osé, prétendre avoir de si beaux hommes. C'est à la fois une bonne nouvelle, une nouvelle inespérée que j'apprends là, mais « tu *aurais pu* prétendre » serait plus approprié maintenant. Car je me rends compte que, même si j'*aurais pu*, c'est terminé. Il annonce la nouvelle, c'est lui qui l'annonce, personne avant lui ne l'avait annoncée, elle est pourrie sa nouvelle. Le fruit sort de terre, ç'aurait été un très beau fruit.

« Tu as la peau très douce, comme ta maman. »

La taille des seins qu'il comparait, moi, ma mère, Élisabeth et la maîtresse du moment Marianne. J'ai été jalouse de Marianne. Elle était étudiante, elle faisait Sciences-Po, elle était jeune, elle était libre, il était amoureux d'elle, ça faisait un moment qu'il ne l'avait plus vue. Elle avait compté dans sa vie, étudiante, jeune, libre, faisant l'amour avec pas mal de types, y compris un Noir qu'il avait vu avec elle une fois. Elle le faisait comme ça, si elle sentait que ça « faisait plaisir » parfois. Elle aurait pu être sa fille, j'étais jalouse d'elle et pas d'Élisabeth, il « sentait le poisson pourri » le sexe d'Élisabeth, il ne la léchait jamais. D'une manière générale ce n'était pas une chose qu'il aimait, il lui disait, il ne pouvait pas lui dire le vrai motif. À moi il le disait. Autre chose, la grimace qu'elle faisait quand elle jouissait, il n'aimait pas voir son visage à ce moment-là. Il le lui avait dit, mais elle recommençait, sans doute qu'elle ne se rendait pas compte de son visage à ce moment-là, sinon, elle aurait fait attention. Une Allemande, une certaine Brigitte, ma mère s'en souvenait, moi je ne sais plus le nom. Les seins de cette Allemande, pamplemousse, moi, orange, ma mère, citron. Élisabeth, orange et d'ailleurs un

209

corps pas mal, une jolie taille. Et gentille, surtout gentille, et surtout pleine d'attentions. Bête
mais gentille. Deux problèmes, le visage et le
vagin. Marianne, citron, « ça peut être émou-
vant aussi des tout petits seins ou pas de seins
du tout ». J'en ai assez. Un matin, avec Marie-
Christine, de nouveau dans ses bras j'avais
recommencé. Je lui avais raconté les clémentines, le lait, la serrure, elle le savait, la politesse,
l'absence totale de fautes de français, l'accent
dans les autres langues parfait. Le poisson
pourri, Marianne dont j'étais jalouse. La photo
de Philippe et Mouchi que j'avais, il me l'avait
donnée, à quatorze ans quand je l'ai rencontré,
j'en réclamais au moins une. Mouchi avait un
petit manteau écossais, elle souriait, un jour
mon oncle a dit que Philippe me ressemblait.
C'était un très grand événement. Ma mère ne
faisait pas remarquer ou ne remarquait pas ces
ressemblances-là. Je lui ai raconté aussi « tu as la
peau très douce comme ta maman », je lui ai
raconté en la caressant, le dos tranquillement.
Elle est partie promener son chien Baya après,
faire un tour au bord du Lez, elle me laissait
tranquille pour écrire, avant d'aller faire une ou
deux courses de Noël. On devait passer le 25
ensemble. Elle arrivait à l'aéroport à midi et
demi. On avait toute la journée de Noël

ensemble, il y aura Frédéric, qui descend de Paris le 24 au matin très tôt, par le train, ma mère et André, et bien sûr Léonore. Qui a comme moi les pieds et les mains de mon père.

Je pouvais tout entendre, avec moi tout était possible, les clémentines et surtout parler. Marie-Christine me disait ce matin « il y a une espèce de naïveté, tout est possible, il peut tout, il est au-delà de tout ». Perversion, me disait Marie-Christine, Lacan disait, la version du père. Dès que je l'ai rencontré, ç'a été sa version uniquement, la référence, la seule, juste, au-dessus des autres, tous. Et la version latine, allemande, anglaise, espagnole, ibère, tchèque, sans compter les patois, les dialectes, la version Angot. Même la religion, c'était des bêtises. Phrases :

J'avais la peau douce.

Je pourrai avoir de très beaux hommes.

J'étais belle.

J'étais libre.

On pouvait parler de tout avec moi, c'était très rare, de rencontrer quelqu'un comme moi (d'aussi libre).

J'étais intelligente.

Tu aimes être une femme ? Je n'aimais pas cette question. Quand je la voyais arriver, j'étais toujours mal à l'aise. Sans bien comprendre pourquoi. Elle semblait dire « parce que moi je n'aimerais pas », mais ce n'était peut-être pas ça. En tout cas je faisais une réponse que j'aimais encore moins que la question. Une réponse qui toute ma vie me fera honte. Je répondais « en ce moment, oui ». Avec *Soleil vert* c'est mon pire souvenir.

Je bande, je ne peux rien contre ça.

Quand je t'ai vue et que tu étais un petit bébé, dans ton berceau, ça ne m'a pas intéressé. Tu ne m'as pas intéressé. (Il était difficile à intéresser. Moi aussi.)

On se ressemblait. On se reconnaissait dans un miroir dont le reflet s'était formé à distance. Incroyable.

J'avais des seins taille orange.

Un sexe étroit, bien étroit, et bien frais. Marianne aussi, il était frais, mais peut-être pas aussi étroit. Elle couchait avec beaucoup d'hommes. Il souhaitait que j'aie la même liberté sexuelle plus tard.

Le terme de fontaine fraîche Le matin, le soir.

Autre phrase beaucoup plus tard :

J'ai dix-huit ans, je suis avec Pierre, il est très beau mais nous faisons peu l'amour depuis quelque temps. Je vois mon père un jour, il ne se passe plus rien, c'est tendu, il m'interroge sur ma vie, je lui montre une photo de Pierre, en noir et blanc prise dans un avion, bronzé. Je dis à mon père que je ne suis pas très sensuelle. Il n'est pas d'accord : c'est faux, ça vient de l'homme, ou alors « on est moins sensuelle à dix-huit ans qu'à quinze ».

L'allemand

C'était facile d'apprendre une langue. J'arrivais à Reims dans une école allemand première langue, j'avais fait anglais. Les autres avaient trois ans d'allemand, moi rien. C'était facile. Lui, l'espagnol etc., une grammaire, une bonne grammaire, du vocabulaire. Mais il y avait un programme, des leçons. Non, si j'apprenais l'allemand, si je parlais allemand, au BEPC, ils ne pouvaient pas me recaler.

Il avait réponse à tout. J'avais peur d'être perturbée, même si les pharaons d'Égypte... mais non comme ça tu vois ce que c'est un homme qui t'aime.

La politesse

Tu aurais dû laisser passer cette femme.

On ne dit pas par contre mais en revanche.

On n'oublie pas la négation.

À la campagne on dit bonjour aux gens qu'on rencontre.

Il était incollable sur les règles de politesse,

sur les règles grammaticales, dans toutes les langues, sur les règles de prononciation, sur les usages. Il avait beaucoup de connaissances. On avait l'impression que, dans certains domaines, il connaissait tout. L'adret, l'ubac, quand on se promène au sommet d'une montagne, quand on rencontre quelqu'un qu'on ne connaît pas, on lui dit bonjour.

Nice

Il est entré par la porte-fenêtre. Il doit passer quelques jours et puis m'emmener à Carcassonne. Je rêve d'y aller, c'est par là qu'il est né, j'y ai donc mes origines. Je suis d'origine catalane par sa mère, cette femme (celle qui est morte suicidée) je lui ressemble. J'ai vu son visage et sa silhouette à soixante-dix ans, je sais comment je serai à soixante-dix ans. Je serai pareille. Il dort dans mon lit. Il me pénètre. Claude dort en bas, nous sommes séparés. Un matin au réveil, j'ai une vision de lui en monstre. Je le lui dis, il se met en colère et décide de partir seul à Carcassonne, et plus tôt que prévu. Je pleure, je vais voir Claude en bas, j'ai vingt-six ans. Je m'apprête à lui dire que depuis Nancy ça a repris. Il le sait, il nous a entendus cette nuit, le matelas faisait du bruit. Claude devient mon maître. C'est fini, je ne toucherai plus mon père, et il ne me touchera plus.

J'étais un chien, je cherchais un maître. Et je suis toujours un chien et je cherche toujours un maître. Quand il m'aboie à la gueule, comme Marie-Christine au téléphone hier. C'est normal, j'ai fait tout pour. Je suis une folle, on ne m'enferme pas parce que j'écris, et que ça me tient. Je cherche à être un monstre, peut-être, comme lui, je suis folle, comme lui, ça gâche tout, comme lui, je parle parfaitement ma langue, comme lui, je suis insupportable, comme lui, j'ai du charme, peut-être, comme lui, je suis brune, comme lui, j'ai des petites mains, comme lui. Je suis un chien, je cherche un maître, personne ne veut plus être mon maître. Et lui, est-ce qu'il accepterait d'être à nouveau mon maître ? Est-ce que je saurais encore lui obéir ? Est-ce que je saurais encore là maintenant lui lécher sa vieille queue, peut-être qu'il retrouverait la mémoire. Est-ce que je saurais encore, comme dans cette église en Savoie, dans ce village où les toits étaient couverts de lauzes (encore un mot), le sucer comme il me l'avait demandé dans le confessionnal. Dimanche, j'étais chez des gens, avec Marie-Christine, Patrick plaisantait, il parlait d'une

215

soirée la veille où il avait dit, citant *Pédale douce*, « c'est pas la cervelle qu'on suce ». Ce n'était pas la cervelle que je suçais. C'est comme ça que je suis devenue folle. Ce n'est pas très poli comme façon de parler. Je finis ce livre comme je l'ai commencé, c'est-à-dire en pleine crise, il y a eu une accalmie au milieu, de très courte durée. Ce n'était pas la cervelle que je suçais, Marie-Christine, tu m'entends ? Elle ne veut plus me voir, on avait commencé à parler, elle ne veut même plus me voir. On s'était dit que c'était peut-être la solution que je lui raconte. Que je lui dise ce que j'avais souffert. Mais ce soir, Marie-Christine, tu pars pour Noël à Paris chez Nadine, tu vas fêter Noël, il y aura vingt-cinq personnes, moi je serai seule, Frédéric va descendre, pour que je ne sois pas seule. On avait dit qu'on ferait le 25 ensemble, mais on s'est quittées avant. On n'ira pas à Rome. On ne passera pas le 25 ensemble. Tu sais pourquoi tout ça ? Parce que, en Savoie, il y avait une église dans ce village dont les maisons étaient couvertes de lauzes, une église dont le chemin de croix était particulièrement beau, et que le confessionnal a vu ma bouche ouverte sur le sexe de mon père, il avait fallu que j'aille le finir dans la voiture, il n'avait pas voulu éjaculer quand même là. Ce n'était pas la cervelle que je suçais, tu te rends compte, j'aurais pu avoir de très beaux hommes, j'aurais pu aimer les films de Nadine, j'aurais pu passer Noël avec toi. Ou avoir de très beaux hommes ou être bien avec toi. Mais non, tu vois, Marie-Christine. Tu pars ce soir, on a annulé les billets pour Rome. Tu vas retrouver ta famille, je pleure comme un chien, que je suis, on ne fête pas Noël avec son chien. Ils sont cons les chiens, tu leur fais sucer un os en plastique, et ils sont cons, les chiens, ils y croient. Ils ne voient même pas ce qu'ils sucent. C'est terrible d'être un chien.

Achevé d'imprimer en septembre 1999
sur presse Cameron
dans les ateliers de
Bussière Camedan Imprimeries
à Saint-Amand-Montrond (Cher)
pour le compte des Éditions Stock
27, rue Cassette, 75006 Paris

Imprimé en France

Dépôt légal : septembre 1999.
N° d'Édition : 8228. N° d'Impression : 994035/1.

54-02-5148-07/9

ISBN 2-234-05148-7